鸡犬不宁

庄无邪

著

北方联合出版传媒（集团）股份有限公司

春风文艺出版社

·沈 阳·

图书在版编目（CIP）数据

鸡犬不宁 / 庄无邪著 . —沈阳 : 春风文艺出版社，
2021.9
ISBN 978-7-5313-5882-4

Ⅰ . ①鸡… Ⅱ . ①庄… Ⅲ . ①长篇小说—中国—当代
Ⅳ . ① I247.5

中国版本图书馆 CIP 数据核字（2020）第 203293 号

北方联合出版传媒（集团）股份有限公司
春风文艺出版社出版发行
http://www.chunfengwenyi.com
沈阳市和平区十一纬路 25 号　邮编：110003
辽宁新华印务有限公司印刷

责任编辑：王晓娣　　　　　创意总监：荣树岩　刘海鹏
助理编辑：高　洋　　　　　责任校对：陈　杰
封面设计：琥珀视觉　　　　幅面尺寸：145mm × 210mm
字　　数：183 千字　　　　印　　张：8.5
版　　次：2021 年 9 月第 1 版　印　　次：2021 年 9 月第 1 次
书　　号：ISBN 978-7-5313-5882-4
定　　价：42.00 元

1

赵永年夜里吐了两回，媳妇郑娜都在他刚要起身的第一时间先跑到卫生间帮他把灯开了。作为中国七线小城洮北市公安局刑警队副队长，这两年赵永年过得可不太舒心。先是提队长的事情没戏了，去年邻省突然空降过来一位领导，把位置给占了。再有就是北大街的拆迁工作还没具体落实，那个穷窝子，打从2012年，洮北市北部新城规划伊始就张罗要拆，五六年了，到现在仍然是光打雷不下雨。

北大街可不是什么好地方，拆得越晚，场面越乱。赵永年了解那里，是因为他就出生在那里。北大街的人除了菜农小商贩就是下岗工人，就连洮北市当地很多所谓的流氓头子社会大哥都不敢轻易涉足那里。因为那边无论男女老少，身上都带着一股子犯着邪劲的戾气，一点就燃。

赵永年当兵入伍那年刚刚十七岁，他还在部队的时候，全家老小就已经搬离了北大街。现在就连赵永年他爸一提北大街都直晃荡脑袋，老户在那儿生活了半个多世纪了，邻里之间恩恩怨怨多了去了。2017年入秋以来，除了小打小闹的，光杀人案就发生了两起。其中一起是邻里吵架闹纠纷，冲突升级后一方失手刀伤人命，此案当场告破。

还有一起就麻烦了，死的是北大街有名的枪漏子祁勇，半个月前被一种自制的弩箭射杀于夜晚。

祁勇是 20 世纪就称霸北城的流氓头子，1997 年因为在一起械斗中枪杀了另一个流氓头子邹凯而被判处死缓，关在四方坨子监狱二十年，2016 年年底才获释。

祁勇这人是个坏人，进监狱前的仇家就不少，出来后更是破罐子破摔，一听他死了，北大街人恨不得奔走相告，谁都不肯配合，没地方下嘴呀。

所有的物证就只有一枚从尸体头部取出的锋利箭头，现场能入证的痕迹早已经被凶手破坏殆尽。

下午，赵永年开车经过市中心百货大楼，看见城管的车正在处理一个摆摊儿卖冻秋梨的小贩，脑子一转，就停车走了过去。城管那台小面包车的驾驶座上，一个四十岁左右的中年人打开了一半窗户正抽着烟。他眼睛狭长，一脸坏笑看着同事骂骂咧咧扯着小贩夺秤杆，抽完的烟头就往冻秋梨堆里扔。

"忙呢？"赵永年靠在了驾驶员旁边的门上，隔着开着的窗户和对方打招呼。

"嘿，这不赵队长嘛，我忙啥？天天就这点儿事儿。"

"你鬼子六不是号称比队长还忙吗？我前一段见你们秦队，他还跟我说你三天打鱼两天晒网，动不动就泡病号出去跟人要钱。"

"老秦恶心我你也信？咱俩是发小儿啊，你还不了解我呀？咱就不是不务正业的人。"

"你小子说话，我连标点符号都不信。对了，你知道豆包跑哪儿去了吗？"赵永年问完抬头观察着鬼子六的反应。

"那谁知道哇？刚买完房子就找不着人了。他媳妇前几天也上我家问去了，说这人那天下班就没了，十多天见不着人，不知道祸害谁去了。"鬼子六坏笑。

"他媳妇去派出所报的可是失踪案，这事儿算不上刑事大案，不归我们管，可咱从小和他一起长大的，能不紧着帮找找吗？"赵永年想了想问，"一会儿你干啥去？"

"没啥事儿，处理完这个就收车。"鬼子六用夹烟的手指着小贩做出了一个枪击的动作。

"那待会儿咱俩喝点儿去吧，我也挺长时间没和北大街的哥们儿一块儿喝酒了。"

"干吗还待会儿？你要请客咱现在就走。"

"你这儿能行啊？"赵永年回身看了看他那些如狼似虎的同事。

"有啥不行的？"鬼子六熄了火，没拔钥匙就下了车，"大老王，一会儿你们把车收了吧，我去配合公安局刑警队的哥们儿调查个案子。"

半小时后，赵永年和鬼子六就在老市政府对面的白军烧烤一个小隔断里开了瓶洮北香喝上了。

这几年洮北市正在加大城市化力度，以前熟悉的地标纷纷改头换面，老市政府原址如今已经是个商业中心了，里面电影院、品牌店、餐饮娱乐一应俱全。但是老洮北人还是习惯在老牌子的店里吃喝，熟客和老板、服务员都成了朋友。

"赵队、六哥你们喝着哈，有啥不够的叫我。"白军端着一托盘烤串和几头蒜送到了小隔断，两个人和他挥了挥手。

"今年北大街可够热闹的，祁勇这样的老炮儿都让人干了，你出出进进的可多留神，别有个什么闪失。"

"赵队，你别套我话儿了，咱俩谁不知道谁啊？你们公安局上我媳妇饭店问好几回了，我们家关门早，这几年我也不往外跑……"鬼子六突然眯眼睛，"你不会怀疑是我吧？"

"怀疑你的话，我还能请你喝酒哇？"赵永年跟他撞了一下杯说。

"就是，我现在看见干仗都怕迸身上血呀。跟我打听没用，没听说。"

"那跟谁打听有用啊？"赵永年把烤好的羊腰子往鬼子六面前的小碟子里分了一块说，"局长下死命令了，节前不破案，我这小乌纱帽就摘了。"

"你这么一说，我倒想起个人儿来。"鬼子六不客气地夹起羊腰子就往嘴里塞。

"谁？"

"北大街谁最出名？"鬼子六问。

"二倭瓜，总在外面跟人家装社会大哥，那小子在我们队都挂了号了，他要敢捅娄子我绝对不会手软的。"

"北大街谁最有钱？"鬼子六又问。

"彪子，北城酿酒南城制药，一酒厂二药厂都有股份，洮北大药房就是人家自己家的连锁店。"

"北大街谁最仁义？"鬼子六接着问。

"老柿子，这些年，谁家有事儿必到，可着北城没人能说出来老柿子坏话的。"赵永年点了点头说。

"北大街谁最坏？"鬼子六继续问。

"你呀，这还用问吗？你小子坏水儿都能灌满洮儿河了。"赵永年乐了。

"咋能是我呢？明明是仙儿，我举报，仙儿整个手机赌博局儿，天天打麻将填大坑，这叫什么来着？对，网络聚赌。"鬼子六把酒杯端起来又灌了一口酒说。

"滚滚滚，他那点儿小破事儿还用我操心？"赵永年也灌了一口酒说，"你就直接说吧。"

"他们都听一个人的。"鬼子六点了点头，示意已经恍然大悟的赵永年。

"小赖。来，喝一口。"两个人杯子一撞，酒杯就见底了。

"小赖当年在北大街，连钎子偷去的东西，他都能给你找回来，钎子什么人？浑蛋一个，走出家门三步不偷东西都算丢。

他见着小赖一点儿脾气没有。北大街是个烂泥巴坑，小赖就是条大泥鳅，谁进去谁死，他活得可滋润了。"鬼子六笑着说，"你要真想打听事儿，让他过去帮你打听，没有他套不出来的话。"

"他不是在外地吗？回来了？我咋没听说？"赵永年问。

"回来了，没几个人知道。唉，回来一年多了，在外面混了十多年好像也没混明白，大病一场捡条命，回来瘦得像根柴火棍儿似的。天天窝在北郊村他爸整的那个小农场，烟和酒都戒了，哪儿也不去，不知道鼓捣啥呢。我去找过他一回，说啥问啥都是笑呵呵，好像变了个人儿。"鬼子六难得地摇头一叹。

"不能够哇，那小子话多密呀。平时跟个交际花似的，我就没见过比他更爱交朋友的人。他转性了？能待那么消停？"

"所以说要是早前，谁找他办个啥事儿，特别好弄。现在就算是你去找他，估计也没戏。咱们从小在一起玩大的，你不是不了解他，那人看着特好说话，驴脾气一上来又臭又轴，爱谁谁呀。"

早上酒醒了，郑娜给他煮了碗粥，煎了几片馒头片，坐在饭桌旁看着赵永年一个人细嚼慢咽地吃着饭。赵永年心思完全不在吃饭上，他还在琢磨着祁勇被杀的那桩案子。

2

洮北市刑警队还留在西郊附近的老公安局院子里的老楼上。

市政规划已经把政府职能部门都往与北大街东端接壤的北部新城搬了，轮到公安局搬家的时候，刚调来的老马跟局长费了好多唇舌，才留在了老楼。

因为这事儿，队里好多小年轻对老马有意见，最开始赵永年也想不通，特意跑老马办公室跟他商量。

"永年，咱最好还是不搬。"老马把办公室的门关上，亲手给赵永年沏了杯滇红说。

"为啥？马队，平时咱最苦最累最拼命，咋一到搬新家就成留守部队了呢？"赵永年给自己点了支烟。

"新楼有新楼的好处，老楼有老楼的方便。"老马不抽烟，但不反对队里人抽烟，这帮家伙压力大，都抽，他总调侃自己是个二手烟民了，看赵永年点上了，就把窗户推开了，当时是春天，院子外绿了一片。

"有啥好方便的？这破地方，哪儿哪儿都破得不成样子。"

"你看哈，其他人搬走了，咱停车有地方了。再有，这里是老环境，旁边饭店也多，熬夜吃东西敲开哪家都是老伙计，熟。这儿还是咱老公安主场，犯人进了审讯室，眼睛往哪儿看，有啥想法，咱都心里有数，更何况，局里领导都离得远了，咱就成了将在外，君命有所不受了。从新公安局大楼来咱这儿得经过整个市区，半小时都是咱说了算，办案第一先决条件是什么？时间。有这半小时，都够一场突审的了。"

"服了，还是马队想得周全。"赵永年把烟掐了，对老马这老狐狸的心机是肃然起敬了。

"就这么定，咱就赖着不走，啥时候真成危房了再说。"老马大手一挥。

从那以后，赵永年就觉得老马这人不一般，因为这事儿他的考虑真不仅是政工层面的，也是业务层面的。

开例会的时候，老马重点问到了赵永年关于北大街弓弩杀人案的进展。赵永年说他这边已经启动了对祁勇亲朋好友的调查，也派出了人手去邻市调查当年祁勇杀人案中早已经搬离了本市的受害人邹凯的家属。

由于没有更多的旁证因素，从亲人和仇人之中筛查最具有作案动机的嫌疑人也是一个积极的破案战术。

老马听他的汇报一直在频频点头，面无表情，没有任何反应。散会后，老马把赵永年拉进了自己的办公室，在他身后把门关上了。

"你派去邻市的人是那个去年你从兴隆所要过来的周策

吧？"老马问。

"是。"

"啊，永年哪，你用人要慎重。"

"领导，派他去有什么问题吗？"

"那孩子，稳当不稳当啊？"老马忧心忡忡地问。

"马队，年轻人总得给他机会锻炼，我这不也是一步一步磨出来的嘛，疑人不用，用人不疑，我觉得他是块干刑警的料。"

"祁勇那个案子，你们组还真得抓点儿紧查办。跟你交个底，北部新城想在北大街那个片区成立个市民文化项目，年后省里就有人来考察，到时候整得人心惶惶的，上面脸上不好看。这可是钱局长今儿早晨私底下跟我说的。"老马小声说。

"保证完成任务。"赵永年打了一个立正。

赵永年开车从西郊的刑警队东行到市中心南北贯通那条光明街，一路向北，又慢慢悠悠开到北大街上。

这一片街区无论啥时候来，都像是当年放学回家时一样，建筑全是残砖破瓦，地上总会凹凸不平，毫无改变。而在它的东部，一个徐徐崛起的新城市中心正在缓缓逼近，最新和最旧的两种城市形态渐进式融为一体，一场跨文明维度的改变即将到来。

20世纪90年代，洮北市北大街有一伙野蛮少年，他们就生长在北大街片区，是邻居，是发小儿，是同学，也是死党。年糕、豆包、鬼子六、老柿子、彪子、仙儿哥、二倭瓜、弹弓子、小赖等一批孩子里，小赖是最小的一个，也是最机灵的一个。这小子从小就是个怪胎，怪到每个人的心中对他的印象都不一样。他和谁都能相处融洽，却保持着一种说不清道不明的疏离感。

赵永年最后一次见小赖是在 2014 年春节，赵永年在香酪大酒店和同学聚会吃饭，醉醺醺的小赖跌跌撞撞地走错了包间，一张桌上十个人，他认识六个，坐下就开喝，最后被赵永年架出去的。

临走的时候小赖还赖赖唧唧地指着赵永年跟桌上的其他人说："年糕，我兄弟，亲的，谁欺负他，不好使。"

那会儿，赵永年刚刚提拔为刑警队副队长。

当时听说小赖平时在外地，只有过年的时候才返乡，美其名曰陪父母，其实天天呼朋唤友喝大酒。

赵永年不愿意搭理他，因为从打自己当兵走以后，再见他哪一次都不是完全清醒的，始终徘徊在六分醉和八分醉之间。

这么个张狂嚣张不靠谱的酒鬼，能真像鬼子六说的那样烟酒不沾闭门不出吗？是应该过去看看了，不看他，也得看看他们家老爷子。

在洮北市的北城，小赖他爸的那个小农场倒是远近闻名，老爷子有正事儿，住北大街的时候就是能人一个。

作为改革开放后第一批下海的个体户，小赖他爸可以说经营有道了，摆小摊开商店从零售到批发，曾经是洮北市最大的窗帘床单经销商。谁都不知道他身家几何，但都知道老头儿广结善缘，是市场经济繁荣时期的风云人物。当地街面上的大小商贩都受过他的帮助和提携，无不唯他马首是瞻，有"净街"之能。

老头儿六十岁时正式宣告退休，没正事儿的儿子常年在外地，根本抓不着影子。老头儿一生气，商铺出租，楼房不住，北大街的房子空置，自己在北郊村东头买了块地皮，当起了小农场主，养了不少鸡鸭鹅狗，种了满院子的果树等农作物。

赵永年每次来北郊村办案都要到老头儿这儿看一眼，和小赖是几十年的哥们儿，从小在人家家里吃过喝过住过闹腾过，帮衬照顾老人那是应该应分的。

从北大街一路向北，再开二十来分钟高低不平的柏油公路，车子就进了北郊村。下道过去，是村村通修的水泥混凝土路面，从路西头到路东头还有一段距离，小赖他们家的小农场就在北郊村最东端。

赵永年的车刚下道，就差点儿撞上一台豪华轿车，幸亏双方都是雪地胎，也都点住了刹车。

对方的司机看了一眼，没言语，打了下方向盘就准备绕开赵永年。后面的车窗大冷天却被按了下来，露出一张熟悉的脸，冲赵永年笑。

"你怎么到这边来了，赵队？"对方让司机把车和赵永年的车交错停好。

"这不彪子吗？听说小赖回来了，我瞅一眼，你干吗来了？"

赵永年问。

"和你一样过来看看他。这小子不知道在外面经历了些啥，现在好像有点儿抑郁了，烟不敢抽，酒不敢喝，话也不愿意说，没劲得很。"彪子龇牙咧嘴地说。

"有劲没劲也是哥们儿啊，我这当哥的知道他回来能不来看看吗？"

"你这是公务繁忙才知道，我都来好几回了，你去吧，有事儿电话。"彪子说完，拍了拍司机座椅背，车子缓缓启动离开。

小赖他们家的小农场大约有十亩地的样子，冬天全都光秃秃的，显得又大又空旷。院子里猪圈鸡笼鸭舍狗窝倒是一应俱全，看有车停在自家门前，先是几条狗，接着所有牲口都像凑热闹一样狂叫。

大院门的里面有一排起脊大瓦房，很快，从正中间的那扇门里走出来一个农民打扮、身材消瘦的中年人。

看到门外站的赵永年，小赖推了推棉帽子的帽檐儿，露出了亮晶晶的眼睛，微微一笑，脸颊两侧浮出了一对浅浅的梨窝。

3

小赖确实很瘦，进屋脱了棉袄，也就百斤出头的样子，瘦就显得年轻，看起来比实际年龄小了七八岁。把赵永年让在椅子上，倒了杯水后，自己盘腿坐在炕头。

"刚送走彪子你就来了，嗬。"小赖顺手从炕里揪过来一只肥胖的大猫抱在怀里说。

"彪子总过来？"

"来过几次。"

"哦，这小子还算是有心。老头儿没在家呀？"赵永年张望了一下。

"去三亚过冬了。"小赖说完，又低头开始鼓捣猫，不再挑话题。

在赵永年的既有印象中，小赖不是这样的，这哥们儿从小到大就是话多，话密得像个针插不进、水泼不进的铁桶，想跟他抢话说都难，而且古怪主意特别多，跟谁唠嗑都得占上风头，一个人说单口相声都能说半宿。

"真不抽烟了？"赵永年掏出烟递给他，看小赖摆手，停在了半空，"我抽没事儿吧？"

"抽你的，没事儿。"

"咳，没别的，就是过来看看你，大伙儿都说你回来了，我这儿忙，一直也没腾出空过来。"赵永年点了烟抽了两口，看对方还是面带微笑，低头玩儿猫，有些尴尬。

"我挺好的。"

"对了，豆包最近过来没？"又沉默了几秒，赵永年问。

"没。对了，前天仙儿给我发了个微信，说豆包跑了，咋回事儿？"小赖把猫放下，坐直了身子问。

"我也不知道哇，挺大一个大活人，就突然没信儿了，听说他媳妇都快找疯了，我在刑警队都是管刑事案件，本来不管这些，但好几个人都跟我说起这事儿了，就寻思得帮着找找。"赵永年一看小赖终于来了兴致，话匣子也打开了。

"你现在不挺好的吗？市刑警队副队长了是吧？"小赖眨巴眨巴眼睛问，"嫂子不上班了吧？"

"当了三年副队，那年跟你说过的，当时你喝多了还非问我枪在哪儿？要跟我比枪法。你小子，这么多年，哥第一次见你清醒。"

"再不清醒，咱就得那边见了。"小赖一笑，又露出了那对梨窝。

"行啊，知道清醒就是好事儿。对了，你身体到底啥情况？"

"急性肝衰竭，抢救十九天，住院三个月，换了 10000cc 的血。"小赖耸耸肩，笑意中依稀还有当初玩世不恭的余痕。

"吓死人了，你以后可真不能再喝了，我昨儿跟鬼子六喝了顿大酒，半夜三更吐了好几次。"

"嫂子没收拾你呀？"小赖又眨巴眨巴眼睛问。

"没，老夫老妻了，她也知道我喝完酒啥德行，自己遭罪而已，不耽误其他事儿。"赵永年笑着说。

"哦。"小赖点了点头，又把那只懒洋洋的肥猫揪了过来，拿手挠着猫肚子。

"对了，兄弟，你知道不知道咱北大街那边，谁和祁勇有死仇哇？"赵永年一看这货又要沉默，连忙开始问自己最关心的问题。

"不知道。"小赖犹豫了一下摇了摇头。

"你知道祁勇死了不？"赵永年紧盯着他脸上的变化。

"这个知道，也是听仙儿说的，他跟个广播喇叭似的天天在微信上骚扰我。"小赖轻笑。

"邪行了，祁勇都快六十的人了，生生让人在北大街给干死了，杀他有啥用啊，棺材板儿都快盖上了。"

"社会人儿江湖死，啥人啥命吧。"小赖仍然笑呵呵地说。

"你这几天要是闲着想动了，回北大街帮哥打听打听吧，这案子局领导都比较重视，破不了的话，锅我得背呀。"

"哦。"

"行了，知道你没事儿就行了，车上我给老头儿拿了一箱酒，你戒了正好，省得被你小子偷着给喝没了。"赵永年起身告辞。

"放心，一滴不会少。"小赖放下猫起身送他。

赵永年走出院子到车里拿出一箱酒放回了屋子，最后扶着小赖的肩膀说："你就别送我了，消停养着吧，有空了，回趟北大街，能打听还是帮哥打听着点儿动静。"

"行。"小赖想了想，点了点头，"豆包要有信儿了，告诉我一声。"

小赖看着赵永年的车消失在视野中，收起了嘴角的笑容，目光变得深邃莫测。他转身回了屋子，抱起一个原本放在桌子上的笔记本电脑，又坐上了炕头，那只肥猫在小赖身边绕来绕去，被他一把拨拉开。

赵永年一路上心中一直在感慨小赖的变化，这哪是他认识的小赖呀？那个生猛桀骜的家伙哪儿去了？

小赖离开洮北市的那年赵永年刚进刑警队，当初开得好好的网吧突然转手，所有以前的哥们儿都不知道小赖具体啥时候走的，在一起提到他时才发现缺了这么个人，北大街安静了不少。

小赖在那拨儿北大街长起来的发小儿里是小弟弟，那会儿因为计划生育原因，其他哥们儿要么在家里是最小，要么是一根独苗，都把他当亲弟弟照顾了。小赖倒也仁义，家里经济条件好，他跟个"散财童子"似的，对朋友更是一等一地好，所以兄弟们愿意跟他在一起玩儿。

在 20 世纪的北大街，青春期的孩子要时刻准备为对方或者和对方动手打架。小赖体质差，打架不行，但能混，头脑机灵，能说敢唠，是个军师的角色。而且他从来不会见硬就跑，更不会扔下同伴，挨打也要在一起，每次打群架，同伴都会把小赖护在中央，尽可能不让他受伤。

长此以往，小赖就成了北大街那拨儿孩子里的核心，南北二城都知道有他这么号人物。

在赵永年当兵的第二年，小赖高中毕业了，跟着他爸在杂货市场摆了三年多地摊儿，后来老头儿去邻市开商场，他就在洮北市倒腾小生意，什么二手手机、翻新皮衣之类的，直到开了间网吧，算是有了个正经的事业。

开网吧那会儿，小赖在洮北市真算是出了名，当时他的网吧在市中心，满城没有不知道的。社会上的闲杂人等三教九流天天满坑满谷，根本没人敢在他的场子里捣乱，不然等同于拽着整个北大街的混混开战。

那几年据说他也没少挣钱，直到小赖突然不知道发什么神经，网吧转手，人就没了。都知道他在大城市，但具体干什么谁都不清楚。

赵永年回家的时候，郑娜正在给儿子补习功课，孩子开始读初中了，这日子真是不扛混哪，他们小时候野蛮生长的那会儿，仿佛就在昨天，可现在自己已经是人到中年。

郑娜看赵永年回来还是若有所思的样子，转头问了一句："今天咋样？"

"哦，都挺好。"赵永年回家不提工作，毕竟职业特殊，不想让老婆孩子跟着担心。

"我听说北大街那边有人死了，还有人失踪了，找回来没呀？"

"失踪人口不归我们管，不过这次失踪的是我小时候一个好哥们儿，我得帮忙打听打听。"

"没听你提过。"郑娜的目光又回到了孩子的作业本上。

"北大街那几个人，都多少年不咋来往了，我这工作和那帮小混混天天一个锅里搅马勺，成什么体统。"

"都是一起长大的，要是人家没违法乱纪，你也没必要跟防贼似的天天防着人家，还是多帮忙打听打听找找吧。"郑娜拨拉了一下儿子的脑袋，示意他好好做功课。

"你一个家庭妇女，照顾好孩子就得了，以后少过问这些事儿。"赵永年换完鞋过来看了一眼儿子的作业本，也没看出啥他能看懂的，"北大街就是狼窝，我那帮发小儿，小时候都跟狼崽子似的，一个比一个坏。现在都有正事儿了，不犯法我省心，真犯法我绝不留情。"

"嗬，你小时候不也是他们一伙的？说着说着把自己都给绕进去了。"郑娜冷笑了一声。

赵永年正想还嘴，电话响了，一看来电显示，是周策打来的，连忙接了起来："你那边调查得咋样？"

"赵队，我正在回来的路上，寻思还是先跟你汇报一下吧，明天再形成报告。是这样的，白城市一行调查得还挺顺利，邹凯他妹妹和妹夫都找着了，他就这一个妹妹，当年这小子太生性了，连他爹都是让他给气死的，妹妹在他死后不久就嫁过来了，老公家里一直不知道她还有个当流氓被人杀死的哥哥。时间上我也都调查过了，两口子卖早点，根本没歇过业，案发当晚还有进面粉的提货单，来不及跑到洮北市作案。"周策这段话已经酝酿了很久，简明扼要地说明了一下情况。

"那就是不顺利呀，傻小子，现在还得回头啃这没地方下嘴的生骨头，马队今天又给咱加杠杆了，得紧着点儿。"

"好的领导，我明天一早就扎回兴隆所，找我以前的那帮片儿警兄弟帮帮忙，重新再勒一遍案子，看看能不能有啥新发现。"

"行啊，有斗志就是好样的。你明天回兴隆所是吧？有个小事儿啊，北大街有一个失踪案，报到兴隆所了，失踪的人叫豆……程洪亮，可能被他们压住了，你去叮嘱他们帮忙再查查这人失踪前的一些信息，看是不是惹下什么祸跑路了。"赵永年说完接过了郑娜递过来的苹果，胡乱啃了一口。

"不能是被人绑架吧？"

"谁绑架他呀？咳咳，你记得这事儿就行了。"赵永年一口苹果差点儿没呛着，赶紧说完挂了电话。

郑娜捶了两下赵永年的后背："你慢点儿吃。"

"绑架豆包，要吃他呀？哈哈，那货人嫌狗不待见，一双手能用的就八根指头，右手有两根自己发狠戒赌给撅断了，都不是个全乎人，大字不识几个，一个老混混，绑架他？哈哈，想得出来。"赵永年把苹果放下摇头大笑。

4

时间慢得让人不安，北郊村的夜晚来得很早，九点多就已经全村寂静了，家家户户的家畜也都消停了。

小赖百无聊赖地刷着朋友圈，他看到深圳的星空、香港的夜、上海的霓虹、北京的雪。那些曾经走过的日子，恍如隔世一般涌上心头，曾经一个人的万水千山，像是一场大梦。

此刻窗外呼呼刮过的寒风在提醒着他真实世界的冷冽，走了那么远的路，终究还是回到了原点。

只有在这里，他才不会失眠。

这些年以来，他游走在道德和法律边缘，凭借那点儿小聪明和市井智慧，出入资本市场和商业社会，那些翻云覆雨的梦，总会折磨得他不得安宁。

微信的视频通话提醒突然响起，把小赖身边已经昏昏欲睡的肥猫吓了一跳，信息上显示：仙儿哥要与您进行视频连接。

小赖无奈地摇了摇头，除了这家伙，没人会时不时地骚扰他了。

"咋了？"小赖点了同意后，仙儿哥的大脸出现在手机上，满是惊恐的表情。

"老柿子让人干了，我正往医院那边赶。"仙儿哥急吼吼地说。

"什么？啥情况？"小赖在炕上坐直了身子。

"120刚来把他拉走，说是后脑勺子被刨开了，胡同这边一地都是血，他自己爬回来的。"仙儿哥在一辆车上打着哆嗦说。

"市医院是吧？我马上过去。"

"对，新市医院哈，七中对面，你别走岔了。"仙儿哥说完就挂了视频。

小赖起床就开始穿衣服，这会儿他是真急了，只顾着套上外裤和羽绒服，里面还是秋衣秋裤，一开门一阵冷风差点儿把他撞回门里，小赖还是义无反顾地顶着风走进了寒夜。

北郊村路口根本没什么往来车辆，更没有出租车经过，小赖点开网约车，显示的是该区域并未开通网约车业务。这个小破城市，在北郊村这破地方，夜晚没有交通工具简直是寸步难行，而小赖又有严重的驾驶恐惧症，不会开车，急得要命。

正当小赖哆哆嗦嗦用冻僵的手指翻着电话本，寻思着给谁打个电话才能来接他时，一辆MINICooper在他附近慢了下来，徐徐停稳。

"真是你呀？上来吧。"车里面，一个成熟妩媚的女人招了招手说。

"送我去市医院，新市医院，七中对面那个。"小赖犹豫了一下，还是拉开车门钻了进去，搓着手对驾驶座上的女人说。

"啥时候回来的？咋要去医院呢？家里谁有病了？"女人侧脸问小赖。

"废什么话？抓紧开行不？"小赖眼睛一翻没好气地说。

"滚，下车，滚。"女人一脚踩住了刹车，瞪着他说。

"我求你了田晶，老柿子进医院了，咱不闹行不？"小赖带着哭腔说。

"他咋的了？"田晶虽然话里仍然带着赌气的语气，但赶紧启动车子开始加速。

"不知道，仙儿说了一半，就知道老柿子让人干了，120给送市医院去了。"小赖揉着脑袋说。

"在北大街还有人敢动你们这伙牲口？"田晶想乐，看了一眼旁边小赖急不可耐的脸色，赶紧一脸严肃地目视前方。

车子总算在激烈的颠簸中穿行到了北大街，市医院距离北大街已经不远了，往那边去的马路宽阔了起来，车上两个人尴尬的沉默显得越发突兀。

"别着急，你又不是大夫，着急也没用。"田晶打破沉默说。

"谁会对他下手哇？我俩出生就在一起混，四十来年都没红过脸，和他关系好的关系坏的就没有我不知道的。"

"人心隔肚皮，你能知道个啥？"

"邪了，豆包失踪了，老柿子让人干了，北大街这是要乱哪。"

"乱成啥样你也少掺和，回家就老老实实过你的日子吧，都不年轻了。"

"唉。"

"这回回来待多长时间哪？"田晶目视前方问道。

"没定。"

"啥事儿都没个准谱儿，也不知道你在外面咋混的，还跟个愣头青似的。"

"和你有一毛钱关系吗？"小赖翻了个白眼说。

"一分钱关系都没有。爱死不死。"田晶咬了一下嘴唇，暗骂自己嘴欠，认识他三十多年了，自己都老了还没记性，还跟这冤家讲道理。

进了市医院停车场，车还没停稳，小赖就已经不顾田晶的叫嚷开门跳了出去，一路小跑冲进了楼里。田晶气急败坏地拍了几下方向盘，从口袋里掏出一盒烟，点燃一支抽了两口就下车把烟扔了，也走进新市医院宽敞明亮的大楼。

手术室外围满了人，除了兴隆派出所接警来的民警，还有老柿子的媳妇韩小梅。家仍然住在北大街明正胡同的仙儿哥和鬼子六也在。听到信儿从酒桌上赶来的二傻瓜，身后还跟着四五个染着头的小兄弟。

小赖过来就问老柿子的媳妇韩小梅："嫂子，他怎么样了？"

"不知道哇，还抢救呢，你咋才来呢？"韩小梅哭着问小赖。

韩小梅在和老柿子结婚前就知道小赖和老柿子是关系最铁的死党，双方家里大事小情彼此都会过问帮衬。老柿子家和小赖家住对门，两个人差了半岁，从小赖出生，他们就在一起摸爬滚打，比亲兄弟还要亲。

"没事儿，他命大着呢，放心哈。"小赖安抚完韩小梅，看到田晶也跟过来了，便皱紧眉头。

"知道咋回事儿不？你要知道是谁就吱声，干就完了。"二倭瓜穿着貂绒大衣，敞着怀，酒气醺天地问小赖，小赖看都没看他。

"怎么这么多人？除了家属，都别在这儿围着了，别影响人家医生正常工作。"赵永年一上楼，看到手术室外面这一堆人，挥手开始赶人。

"我哥们儿让人干了，我必须过来呀。"二倭瓜借着酒劲跟赵永年顶了一句。

"二倭瓜，你别在这儿胡搅蛮缠，我给你一分钟时间，带着你这帮乱七八糟的人赶紧消失，要不然，全都归类为涉案人员。"赵永年凑过去脸对脸对二倭瓜说。

"行吧，我消失，你们，有事儿吱声。"二倭瓜扭着又胖又壮的身子，招呼人转身离开，短平头后脑勺三道棱的背影晃晃悠悠，显得气派十足。

"什么玩意儿！"赵永年对着二倭瓜离去的方向骂了一句后转头问，"谁最先报的警？"

"我。"韩小梅看了一眼小赖，举着手说。

"咱们这边，谁最先接触的案情？"赵永年环视了一下兴隆派出所的民警。

"赵队，我最先带人出动，先看了一下现场，又赶来了这边。"兴隆派出所值班的副所长蒋长河过来说。

"去几个人再到现场给我排一遍，蒋所长，你和报案人跟我来一趟医院的警务办公室。"赵永年对这所新市医院比较熟悉，快到楼梯口了才想起回头对小赖他们说："保持安静别添乱。"

当晚六点，开车往农村小卖店送货的老柿子给媳妇打了个电话，说车坏在幸福乡了，自己想在那边和当地小卖店的老板沈东阳喝点儿酒，晚上找机会蹭个顺风车回市里。老柿子喝酒有谱，喝多少都能找到家，所以韩小梅也就没太担心。

晚上九点，韩小梅盯着孩子写完作业后，又喂老太太吃了一遍药。正给孩子织毛衣的时候，外面"咣咣"两声敲门声，家里那条大狼狗拼命地挣着铁链子叫。

韩小梅开门一看，丈夫倒在了大门口，浑身上下全是血，拽了两把没拽起来，赶紧打电话给120，接着又打电话报了警。

蒋副所长接警赶到的时候，120已经把老柿子拉走了，他沿着血迹一路从老柿子家门口走出了一百多米，出了明正胡同还拐了一个大弯。血迹最初的那一段，路南是老毛纺厂的原料库北墙，路北都是院子大门，没有临街房。

兴隆派出所的民警敲开几户院子的大门，一问，谁家这会儿都收拾收拾准备睡了，根本没听到外面有什么动静。

赵永年听到这里锁紧了眉头，北大街就这点不好，不配合警方办案。无论是打架斗殴持械伤人，还是聚众赌博卖淫嫖娼甚至是凶杀，谁都不愿意出来做证。

再回到手术室外，人群中多了一个穿白大褂的胖女人，赵永年一看也认识，是彪子媳妇——洮北市公安局前一把手的女儿董子琳。她是洮北市医院的办公室主任。当年可是董局一手把他带出来的，赵永年连忙过去打招呼。

"赵哥，我今晚值班，看这边乱哄哄的赶紧来看看，谁呀？"董子琳推了推胖脸上的眼镜问。

"老柿子，也是北大街的，和彪子我们从小关系就不错。"赵永年压低了声音说。

"哦，没事儿，都来医院了，不是外人，有啥用得着我的地方，甭客气。"董子琳过去攥着韩小梅的手说。

"伤者颅内损伤严重，我们尽了最大努力，手术已经完成，现在正在缝合，不过，我们仍然不能确保他平安度过危险期，需要密切关注伤情的进一步变化。随时可能需要进行二次甚至多次手术治疗。"医生出来时，直接对和伤者家属站在一起的董子琳说。

"这可咋整啊？"韩小梅手足无措地晃了晃董子琳的手。

"没事儿，老妹儿，通常这种情况，咱们等就可以了，我们这儿的医生会尽全力治疗的。"董子琳咧嘴一笑，安抚韩小梅。

"都在这儿围观也没有用，除了家属，该离开的就离开，别耽误人家医生工作。"赵永年看到田晶，微微点了一下头说。

"都回去吧，我和嫂子在这儿就行了。"小赖对仙儿哥和鬼子六挥了挥手。

"你身体不好，要不我在这儿吧？"鬼子六拍了拍小赖单薄的肩膀。

"不用，你们先回去吧，一晚上没事儿。"小赖摇摇头。

"别胡闹了，该撤就撤。查案有警察，治疗有医生，你们别添乱。"赵永年清了清嗓子说。

赵永年带着满脑袋的问号，回家后，发现郑娜还没睡，靠在床上抱着一本小说发愣。

"你猜我刚才看着谁了？"赵永年问。

"不是出去办案了吗？除了涉案人员，还能看着谁？"郑娜把书合上。

"田晶，总上咱家来那个，你的好闺密。"赵永年琢磨琢磨说，"你说她咋能认识北大街那帮混混呢？那么大一家内衣商城的老板娘，跟一帮小混混，还是我那些发小儿站在一起，总觉得怪怪的。"

"她认识的人那可多了去了。"郑娜转身去关灯。

"不对劲儿，田晶看小赖那眼神儿，好像特担心他。小赖这次回来就转了性，可田晶是个有家室的人，两人不会有什么情况吧？"赵永年脱了衣服躺床上还在琢磨。

"田晶都离婚两年了。"

"哦？我还真不知道，你也没和我说过呀，那还说得过去。"

"唉，你能知道个啥？"郑娜背对着他长叹一声说。

5

赵永年一大早就赶往兴隆派出所，刚进门就和周策走了个对头碰。

周策这小伙子人高马大、鼻直口方，一看就是个利落的干将，看到他，赵永年总能回忆起自己年轻时候的样子，所以在去年刑警队严重缺人需要系统内部协调的时候，赵永年第一时间就把兴隆所里这个满怀斗志的小片儿警给拎到了刑警队，好钢要用在刀刃上。

事实证明，周策确实是块好钢，办案肯打敢拼，绝不含糊，对内对外的关系都处理得相当得体。

但老马总对这小青年谨慎观察，时不时就敲打敲打赵永年，对待年轻人虽说要扶持，也不能太大意了，毕竟血气方刚。

"昨晚的事儿听说了吧？"赵永年当头就问。

"听说了，还是北大街，我这儿刚跟值班民警和蒋所长了解完情况，正准备去医院那边看看呢。"周策点头跟着赵永年往回走，"赵队，还有些情况得跟你汇报一下，我昨晚给所里以前的兄弟分派了任务，重点排查祁勇的亲戚关系，三姑六婆都在调查，弓弩是个机械化武器，凶手不一定需要武力值。"

"好，很好。"

"还有，那个程洪亮，所里一直有人在跟进调查，不查不行啊，他那老婆，一天来三趟，堵得几个所长都不敢照面了。"周策耸耸肩说。

"先不管。我得再看一下昨晚那起案件的现场调查报告，大数据时代了，还打打杀杀扰乱社会治安，这北大街真得镇一镇了。"赵永年挥挥手说，他实在没心情再理豆包跑了这件事儿了，"你去医院吧，把医生的报告备份提出来存档，再叮嘱一下换岗的兄弟，要是有闲杂人等到那儿瞎打听，一个别放过，全都记录在册，异常可疑的直接按。"

"领导，伤者姓什么？那个字太生僻了，我刚才没好意思问蒋所长。"周策挠了挠脑袋尴尬地一笑说。

"贠，读 yùn 的音。北大街还真是不少怪姓。伤者外号老柿子，大名叫贠庆生，别说你不认识，我要不是和他小学在一个班级里念过书，我也不认识这个字。"赵永年哈哈一笑。

"怪，这姓真怪。"

"百家姓百样人，咱干刑警的，遇上啥怪事都正常。"赵永年满意地拍了拍周策的肩膀，示意他赶紧去忙工作。

现场调查报告显示，老柿子受伤的时候流血起初呈滴溅状，当时他应该还是可以奔跑的，到了明正胡同口的时候，滴溅状的血迹开始有停顿，进胡同十米左右，人已经扑倒在地，血流淌拖拉在身体两侧。

在受伤的初始地点，由于白天那里是通行的主路，坚硬的雪地上脚步痕迹凌乱，也有一些车辙印迹，附近没发现有蓄力挥舞蹬踏的痕迹，凶手应该是个不需要借力就能凭空发力的青壮年男性。

凶器是个刨锛无疑，稍有生活经验的人都能看得出来，受力伤口处呈横向扁平状，边长 3.5 厘米，这是特定伤，其他凶器几乎没有造成这种形状外伤的可能。

"刨锛党"在 20 世纪末闹过一阵，作案工具本是干木匠活儿的生产工具，但被凶徒拿在手里，造成的伤害非死即残，相当残忍，一般人打架都不会用这家伙，看来这还是奔着要命下的手。

赵永年坐在值班室里安静地看着现场调查报告，脑子在飞速地回忆北大街上有几户木匠，又在谁家看过这种不会常备的工具。

这时走廊里传来了一阵叫嚷声，乱糟糟的声音打断了赵永年的思考，他皱了一下眉，才想起来现在并非在刑警队，而是在兴隆派出所，借用人家值班室看报告。

赵永年走出值班室，就见一个中年妇女坐在地上大声号哭，声嘶力竭地控诉执法人员消极怠工、无所作为，自己丈夫生不见人死不见尸也没人管。

赵永年刚想绕过她往外走，就被她抬眼看到，这女人起身扑过来紧紧拽住赵永年的胳膊："年糕，年糕你可不能不管我们家豆包哇！"

"像什么样子，别闹，你先撒开。"赵永年一看围观的民警都是一副看热闹的样子，气得直跳脚，还不敢做太大的动作。

"你是年糕，我没见过你，总看你们以前的照片。我们家豆包说了，年糕是他最好的朋友，在公安局上班的。豆包没了，找不着人了，你不能不管哪。"豆包媳妇鼻涕一把泪一把地往赵永年身上抹。

"这，这是失踪人口案，我那里是刑警队，管的是大案重案要案。"赵永年满脸尴尬。

"豆包没了，还不是大案？你们俩是最好的哥们儿你都不管，你还是人吗？"豆包媳妇扯着嗓子号。

"行行行，你先别号了，你别号，有事儿说事儿。"赵永年迫不得已，一声大吼，吓得豆包媳妇憋住了号哭声。

"豆包都没十三天了，除了每年去红岩寺烧个香，也没咋出过门儿啊，这些年都不往外跑，咋能说没就没呢？这刚买完房子还不到半年，就指着他还贷款呢。"豆包媳妇抽泣着说。

"他留没留什么信儿啊？走了后一直没和家里联系吗？"

"没有哇，没留信儿也没来信儿，这人就没了。"豆包媳妇捂着脸说。

"他还赌不赌了？"

"他不赌哇，绝对不赌，看谁打扑克玩麻将都躲得远远的，我和他认识十六年了，没看他坐过一次牌桌。"豆包媳妇脑袋晃得跟拨浪鼓似的。

"行吧，我开车跟你回去一趟找找线索，顺便看看家里老爷子。"赵永年看派出所围观的人越来越多，不但有民警还有不少群众，引导着豆包媳妇往外走。

去豆包家不用任何人指路，对赵永年来说，这个目的地就是回家。

豆包从小就迷信，年轻的时候嗜赌如命，输了不少钱，总觉得是他家胡同风水不好，不知道在哪儿搞了俩长相怪异的烂石头狮子摆在门前，说是要镇住邪气，所以他家在那条无名胡同里十分显眼。

豆包家再往胡同里走两户，就是当初赵永年家，只是那房子在二十多年前就已经卖掉了。

赵永年退伍后，家住得比较远，就没怎么和北大街的发小儿联系了。先是在水利局干了一段渔业稽查，后来被时任洮北市公安局主管刑侦的副局长董局给拎到了公安局刑警队，一干就是十几年。

赵永年出身市井，受训于军中，心理素质和专业素质都极强，破案效率很高，可以说成绩斐然。但自从提到副队后，就真得学政工了，管理层除了业务水平，还要讲政治。

他唯一不满的就是队里俩副队长，去年实行划区而治的时候，让他主要负责大案频发、最难治理的北城。

特别是北大街，真流氓没几个，全都是心狠手辣的过气老混混儿，相互之间还都是老邻居、老同学、一起长大的发小儿。

其他人甭管怎么样，见了总是会讲个情面，豆包这小子也不知道咋了，每次见面，赵永年上赶着过去打招呼，豆包都是一副爱搭不理的冷漠脸。搞得赵永年很郁闷：我又没得罪你，你摆什么谱儿？

无论如何，遵纪守法就行啊，像这路人，不给自己添乱，赵永年就得默念阿弥陀佛了。

从警以来，这是赵永年第一次走进豆包家，小院子收拾得相当利索，看得出这个爱撒泼的媳妇是个勤快人。

豆包其实也不懒，就是年轻时不务正业，偷摸抢骗啥都干过，还被赌博的恶习给害了。

因为戒赌，豆包曾经硬生生撅断了自己右手两根手指，小赖以前和赵永年说过，撅第一根手指的时候，他就在现场。

嘎巴一声，骨头就断了，豆包还使劲拧了一下。

通过在车上的简单沟通，赵永年了解到，豆包失踪前在铁道东货运站开叉车。

豆包家三间砖瓦房，他和媳妇住东屋，他爸和他儿子在西屋，中间屋子里有一口大锅，一生火还能热两间屋子的炕。

老房子历经多轮翻新，内外仍有多处无法修补的残败。为了孩子，豆包今年夏天交了首付，贷款买了楼房，就在北部新城规划最南端的丽水新城小区，是个期房。

豆包他爸认识赵永年，一见他来就说："年糕哇，你俩小时候爱撕巴，你可不能记豆包的仇哇，这小子虽说驴，对哥们儿可不赖。这些年你没回来过，他提你是一千一万个好。"

赵永年赶紧安慰："老叔你说哪儿去了？我记他啥仇？我俩小时候咋说也是我揍他多，哈哈，他倒是记我仇呢。"

一边说笑，赵永年一边开始观察寻找这三间屋子到底有什么不对的地方。

老头儿和儿子的屋子都还行，儿子看上去挺勤快，小书桌整得规规矩矩，不太像北大街以前那些淘孩子。儿子看着这么有出息，难怪豆包准备跳脱北大街这种民风粗野的生活环境了。

豆包和媳妇的屋子挺干净，炕沿边上摆着一台缝纫机，那是她媳妇有时候接点儿零活儿贴补家用的工具。

屋子都不大，一眼望尽，都是些家庭设施，豆包也四十了，早已经不再出去胡混了，生活得相当简单。这么个人，突然失踪了，是他自己发疯了，还是让谁给控制了？

老头儿和媳妇再说什么，赵永年都听不见了，他在复盘豆包平时的动作。

赵永年了解豆包，此人之所以外号叫豆包，就是因为他相当黏，性格偏执，不会变通，总是一个节奏和频率。

赵永年坐到豆包平时坐的位置上，他没问，就知道豆包一定坐那个炕边的单人沙发椅上，他把手一搭放在右手边的桌子上说："给我整点儿茶水呗。"

豆包媳妇一愣，赵永年这个动作，完全是豆包的原样和语气。

豆包媳妇从橱柜里拿出一大罐子豆包平时喝的廉价红茶，用暖瓶里并不是滚开的水沏了一大茶缸子，把这茶缸子端到了赵永年的右手边。

赵永年抖了抖放在炕沿上的左手，豆包媳妇赶紧把烟灰缸放到炕沿上。

赵永年点了支烟，烟灰准确地落在了豆包平时弹烟灰的烟灰缸里，那一刻，他真的觉得自己就是豆包。晃了晃累了一天的脖子，把腿伸直，眯着眼睛想事儿。

老爷子和豆包媳妇大体都明白赵永年在干啥了，两个人就站在屋子门口打量着他。

年糕和豆包以前在北大街是一对相爱相杀的好哥们儿。

北大街当年有一句话：宁惹年糕，不惹豆包。

年糕能打，豆包难缠。

赵永年想完了，突然又脱鞋上炕，他知道豆包睡在东侧，豆包对风水特别迷信，以前一起跑外面夜不归宿，他也占东边，说是紫气东来。

赵永年把身体放平，感觉不对，他又把自己外套裹了裹，卷成个枕头垫在头下。

赵永年舒服了很多，他就又眯了一小会儿眼睛，睁开眼睛的时候，他发现豆包这小子有秘密。

在他平视的头上，那一块拼接出来的板棚和其他块不一样，有一个微不可察的弧度。

"弟妹呀，这房子几年换一次棚啊？"赵永年坐了起来，就在炕上盘个腿问。

"五六年换一次吧，对，上回换的时候，我家小豆还在上小学呢。"豆包媳妇想了想说。

"那平时棚都谁擦呀？"赵永年又问。

"他擦呗，我们老的老小的小，媳妇身体也不结实，他不擦谁擦？"老爷子说。

"那我估计得动动这棚了。"赵永年站直了身子，一伸手就搭到了板棚上。

"行，你愿意咋整咋整，豆包只要能回来，你把房子扒了都行。"老爷子凑过来说。

"那不至于。"赵永年一边笑，一边使劲用力一推，那块板棚就被推开了。

豆包媳妇给赵永年找了个小凳子，他踩上去往棚里一够，真有东西，是一个装麻将的盒子。

老爷子和豆包媳妇都惊了，豆包婚前就戒赌了，没想到直到现在天天睡觉前都盯着一个麻将盒。

赵永年打开麻将盒，里面有两样东西和几张泛黄的照片。

东西是一把蝴蝶刀，一张打印粗糙的签文草纸。

照片都是一对情侣的合影，其中有一张是四个人的合影。

情侣合影的主角是年轻时的豆包和郑娜，四人合影除了他们两个，还有另外一对情侣，是年轻时的小赖和田晶。

看到这些，赵永年脑袋嗡的一声，他觉得完全超出了他的想象，豆包居然和自己媳妇郑娜还有过一段。

昨晚在医院里，田晶看小赖的眼神，和四人合影中的另外两个人之间只隔着时光。

6

一个多钟头后，赵永年在北大街血迹斑驳的明正胡同里找到了小赖，找到他时，小赖正在仙儿哥家睡大觉。

前一晚小赖把其他人都赶走，自己陪着韩小梅在 ICU 外坐了一夜。早上仙儿哥去了，把家里钥匙给了小赖，让他回来睡觉。

仙儿哥父母早就被哥哥一家接到了省城，他自己离了两次婚，是北大街明正胡同里著名的光棍，小院儿破破烂烂，家里乱得像个猪窝，小赖里外门都没锁，进了屋子倒头就扎进泛着汗臭味的被子里，一瞬间就昏睡过去。

被赵永年揪起来的时候，小赖正在做梦，他梦见北大街沿路长了很多枝繁叶茂的大树，树后面隐藏着一双双目露凶光的眼睛。梦被打断后，就看见赵永年正目露凶光地看着他。

"知道这是啥吗？"赵永年直接把麻将盒扔在了被子上。

"啥？"小赖打了个哈欠问。

"自己打开瞅瞅。"赵永年伸手把他推倒。

"豆包的？找着他了？"小赖打开麻将盒整个人就清醒了。

"认识照片里的人吗？"赵永年把照片拿出来问。

"嗯。"

"说说吧，什么情况？"

"有啥好说的？陈谷子烂芝麻的事儿。"小赖拿起四人合影，看着照片上的自己和怀中的姑娘，轻笑一声。

"我说豆包见了我咋跟见了仇人似的呢，这么大个事儿，你们就瞒着我一个人哪？"赵永年暴吼。

"他躲你是为你好，不想再翻饬这事儿，换别人娶了郑娜，豆包能黏上去纠缠一辈子。"小赖说，"你退伍后不跟我们一起玩儿了，不到半年就结了婚。记得你结婚当天我和豆包消失了不？那是因为前一晚我才在你家结婚照上看见新娘是郑娜。过了一周，豆包撅断了他的第二根手指头，从那以后再没赌过。"

"我说这几天郑娜在家里绕来绕去打听失踪案呢。"赵永年气极反笑。

"豆包找着没呀？"

"我有我的工作任务，哪有时间帮你们找他？"赵永年话虽这么说，但还是觉得豆包的失踪绝非一件简单的失踪案，这是一名警察的直觉。

"劝你一句，别多想。"小赖又偎进炕里说。

"这俩东西咋回事儿知道不？"赵永年又把麻将盒推到了小赖面前。

"知道哇，初三那年我俩去看录像，看了个片子叫《侠盗高飞》，里面周润发拿这种刀甩来甩去挺帅的，回来后，就各

039

自买了一把练着玩。"小赖把蝴蝶刀拿在手上甩来甩去，只见刀子在小赖指尖上下翻飞，用一只手往上抛一下，却用另一只手接了过来，继续在指尖翻飞，"后来这小子右手不好使了，我俩就又拿这个天天苦练左手。"

"这签呢？"赵永年把签文拿出来正反看了看，读出了声："中签，梦中说得是多财，声名云外总虚来。金木指掌终一败，水火无足路难开。你认字儿多，翻译翻译呗。"

"我哪会翻译这个啊？豆包那人，神神道道的，谁知道啥时候求的，又为啥求的，不懂。"小赖收刀，又把它放进了麻将盒。

"真不知道？"赵永年仔细盯着小赖的表情，审视他说这话的真假。

"嗯。"小赖面无表情。

"行吧，你咋不回家？跑这儿来睡猪窝？"赵永年心情略微平静放松些后，也坐上了炕。

"那边不好打车。"

"你正好在北大街帮我打听打听，谁和祁勇有仇，谁会暗算老柿子，豆包到底跑哪儿去了。"

"哦。"小赖无可无不可地点了点头。

"破了案我请你喝……算了，帮你申请点儿奖励吧。"

"哦。"

"我得先去趟幸福乡，了解一下老柿子昨晚行踪的时间线索。"赵永年起身收拾麻将盒。

"年糕，这事儿，你别再找补了，都过去这么多年了。"

"我哪有时间找补这个，北大街这一出又一出的戏唱起来没完了，先平了一死一伤这俩大案再说吧。"赵永年说完就走出了仙儿哥家的屋子。

小赖下炕跟着他走出了院子，赵永年也没再搭理他，去胡同口拿车了。

小赖站在院子门口，左右看着这条通天胡同，他在这条明正胡同里生活了二十几年，喝过每一口井里的水，可如今的胡同，他已经不再熟悉。虽然建筑并没什么大的改变，小赖却感觉胡同瘦了，瘦得像他寒风中羸弱的身体。

小赖在门口发了好久的呆，有些留守胡同的老邻居出出进进都和他打招呼，这些看着他长大的故人惊讶于这个顽劣少年的变化。小赖在与他们说话攀谈时总觉得缺了点儿什么，直到身体开始发冷，才想起来，这里缺了从前的朝气，以前在胡同里一茬又一茬奔跑嬉闹的孩子消失得无影无踪，小赖站在这儿，有种被抛弃了的孤独感。

想到这里，小赖开始往家走，从仙儿哥家往北步行三十米，一个荒弃多年的小院子门前挂着蓝底白字的门牌："明正胡同132号。"小赖摸了摸门牌，他张了张嘴，无声地说了句："妈，我回来了。"

小赖家对门就是老柿子家，门前还有一摊明显的血迹，他顺着血迹往胡同口走，又一次经过仙儿哥家门口都没停步。

他们这拨儿小混混青春期最蛮横那几年，胡同里从来不缺血，一个胡同的发小儿闹急眼了也会和对方打得头破血流。

事隔多年，小赖再次见到这一摊血时却心有余悸，老柿子是个生命力极其顽强的人，那一下如果换在自己身上，赵永年只能到太平间找他了。

"小赖哥，你啥时候回来的？"刚到胡同口要拐弯，一个穿着检察制服外套的年轻姑娘就和他来了个面对面，对方退了一步，确认是他后笑了。

"我才回来。你是，小奇吧？"小赖知道这孩子，是他们在胡同一起长大的发小儿弹弓子的妹妹。

弹弓子大名叫宋奎，在 2015 年年底罹患肝癌去世，小赖过年回家的时候去了一趟他们家，这孩子当时大学刚毕业正在准备考公务员，没想到现在已经穿上了检察制服，看上去英姿飒爽。

"对呀。哥，大冷天你在外面溜达啥呀？到我们家坐坐吧。"宋奇看了一眼地上的血迹，皱了皱眉头跟小赖说。

"行，那我正好去看看宋婶。"小赖想了想点点头说。

弹弓子家和小赖家就隔着一堵墙，在他们小时候，这堵墙形同虚设，孩子们翻来跑去，基本没走过正门。如今这堵墙已经高高耸起，上面挂着铁丝锯条网。

如果说小赖是北大街那拨儿孩子里的共享弟弟，那么弹弓子就是他们的共享机器猫，他从小就是个手艺人，但凡看过的玩具都能自制,无论大小,工艺不管多复杂,在他手上都能研究琢磨出来。

20世纪80年代,北大街孩子人手一个他做的弹弓子,所以大家都叫他弹弓子。

这人是个奇才,可惜当年走歪了路,十六七岁就开始痴迷制造枪械,而且还真被他鼓捣出来了,警察逮捕他的时候,弹弓子心里一惊就拒捕逃跑,被警察一枪击中,整整关押了十年。

造枪者中枪,成了北大街一时的话题。

他的父亲老宋在他蹲监狱的第七年去世了,留个寡母养活妹妹,胡同里的人也都帮衬照应着,2007年弹弓子出狱后,就在当地最大的骆驼岭超市门口摆个小摊位修表,当时妹妹已经上高中了,妹妹很争气,在学校期间年年考第一,是明正胡同里唯一的"别人家的孩子"。

弹弓子家原本前后两进院子,宋奇考上大学后,弹弓子就把后院卖了供妹妹读书,自己辛苦挣的那些钱也没攒下啥,不敢惦记娶媳妇的事儿,这日子刚刚看到亮儿,一检查身体却已经是肝癌晚期,没拖多久就走了。

小赖最后一次见到弹弓子时,他已经病入膏肓了,瘫在沙发上和小赖聊了一会儿就是一通猛喘。临走的时候,弹弓子想起身送他,被小赖按了回去,一搭手才发现,这哥们儿连挣扎的力气都没有了。

"兄弟,我今晚就得赶着回北京,还要处理点儿工作上的急事儿，过年的时候一定回来见你。"

"如果见不着，就下辈子见。"弹弓子的笑容绽放得十分缓慢。

"如果见不着，就下辈子见。"小赖俯下身子轻轻抱了他一下，眼泪就下来了。

在小赖的记忆中，那是他第一次也是最后一次和自己的发小儿有如此亲昵温柔的肢体接触。

他们这帮孩子都是在这个蒙昧时代一样的街区野蛮生长出来的，最不习惯拉拉扯扯、低声细语地交流感情。他们不敬畏死亡，把生命看成一场兵荒马乱的战争，哥们儿义气都体现在打架斗殴吹牛骂街的时候。

屋子还是那一大一小两间屋子，以前弹弓子活着时住小屋，妹妹和老妈住大屋，现在大屋只有妹妹一个人住了，腿脚不好的老太太搬到了小屋里。

小赖进了门就直奔小屋，这间屋里的摆设和自己来看弹弓子那趟已经完全不同了，那会儿屋子里有一堆乱七八糟的小工具，靠窗那里还有个半机械动力的小车床。

如今车床换成了花架子，老太太的房间收拾得窗明几净。

"小赖有日子没来了，这孩子咋瘦这样呢？你爸挺好的呀？"老太太坐在炕沿上端详着小赖，羡慕地问。

"我爸挺好，上外地旅游去了，我也挺好，瘦点儿显得精神，宋婶你挺好的呀？"小赖小时候父母摆摊卖货忙生计，净翻墙到宋家来蹭宋婶做的饭吃。

"挺好挺好，凑合活着呗。她老舅总想把我接到白城去，我不愿意去，不能把我老姑娘一个人扔家呀，也没个婆家，等她出门嫁人，我再上我弟弟那儿去。"

那会儿宋奇还没出生呢，宋婶是个麻利人，老宋在尚未倒闭的毛纺厂上班也收入稳定，整个家里欣欣向荣，才生了宋奇。

没想到宋奇出生后不久，毛纺厂突然改制，下岗分流后，老宋失去工作，只能四处打散工，没几年弹弓子又出了事儿……

"你们这些孩子呀，就属你和老柿子仁义，从来不祸害人，弹弓子活着的时候就和你俩好，好了一辈子。"老太太说着说着眼泪就掉了下来。

"妈，你又提我哥干啥，他是啥好人哪？"宋奇盯着手机头也不抬地说。

"小奇，你哥是我们这帮人里唯一想明白自己属于啥的人。"小赖转脸严肃地对宋奇说，"弹弓子要是换个环境，绝对是一个顶级机械天才。"

"天才能顶饭吃呀？净整那些惹祸的东西。"老太太用手背擦拭着眼泪，叹息说。

"我哥还说你是天才呢。"宋奇抬头上下打量着小赖说。

"我是废材。"

临走的时候，小赖想给老太太点儿钱，一摸口袋才想起来，自己只有几十块现金，连忙掏出手机来，跟宋奇要微信，还不敢直接说要转账，就说常联系。

"小赖哥，你朋友圈儿咋都是日历呀？"加完后，宋奇随手点开小赖的朋友圈儿问。

"我想记着我是咋活过了这一天又一天的。"小赖给宋奇发了个二百块钱红包，附言：见面礼。

老太太看两个人拿着手机说笑，平时不怎么摆弄这东西，也不太懂，问小赖："还啥时候回北大街呀？"

"我在仙儿他们家住两天，这两天有啥事儿让我妹发个消息就行。"

"好好的，都别惹祸。"老太太叮嘱。

"哎呀，我也都是快四十的人了，还敢惹啥祸。我走了宋婶。"小赖说着掀开门帘走出了屋子。

宋奇跟在身后送他，两个人走到院子门口时，小赖看到了在墙门内侧的墙边，戳着一个黑铁棍子，他琢磨了一下停下脚步，指着黑铁棍子问："小奇，这个玩意儿能给哥不？"

"这家伙看着不长，可沉了，我都抡不起来，不知道我哥拿他干啥的，放这儿也没用，你要就拿去呗。"宋奇无所谓地耸耸肩说。

"谢啦，嘿，那二百给老太太，回头哥再给你发个大红包。"小赖嘿嘿一笑，攥着把手拎起那根一臂长的黑铁棍子轻轻挥了两下说。

回到仙儿哥家的院子，小赖把院门反锁上，他没有马上进屋，神色突然变得凝重，他用力拧下已经生锈的黑铁棍子把手，将把手扔在一边，举起空心的铁棍对着阳光的方向从孔洞向上看。

光照进黑暗的孔洞中，显示出里面一环又一环的螺纹，小赖知道，那是膛线。

这不是一根普通的黑铁棍子，而是老式汉阳造步枪的枪管子，弹弓子的造枪梦，就是从它而起，没想到，这东西始终安静地戳在他家中。

7

天色已晚，赵永年从幸福乡返程直接回了刑警队，他不想回家，主要是不知道应该怎么面对郑娜。

赵永年和郑娜属于闪婚，认识三个月就扯证结了婚，郑娜是个内向的人，平时一说一笑，却从不会主动和赵永年聊自己的事儿。赵永年也不愿意两口子坐家里没事儿翻小肠儿，他觉得不爷们儿。

结婚多年来，两人相敬如宾，一个主内一个主外，共同操持着一个家。赵永年打死都想不到自己媳妇和他的发小儿，那个混混豆包有过一段。

事实就是事实，职业素养告诉他，事实不可改变。

要说背叛，绝对谈不上，他了解郑娜的品行，更知道豆包的底线。豆包这人赌博都不耍诈，除了性格黏之外，没什么大毛病。

从小到大，豆包在这帮坏得流油的发小儿里，都算是富有正义感的一个，跟鬼子六那种有轻微反人类倾向的货不一样。

有一年冬天，这帮家伙在鬼子六家的蔬菜大棚里喝多了拜把子，豆包提出的倡议是：劫富济贫，替天行道。

从警多年，赵永年第一次觉得一个案子离自己这么近，豆包失踪越发蹊跷，这小子一定藏着什么事儿。他能戒赌，能把和郑娜的往事都放进麻将盒，那就一定还有其他事儿。

赵永年在办公室里对着麻将盒发着呆，连老马进来都没感觉，直到对方坐到了他面前。

"马队，你咋没下班呢？"赵永年把麻将盒盖上。

"这案子一个接着一个，我敢下班吗？"老马摇摇头笑说，"再说，你嫂子和你侄子都不在这边，我回家也是对着四面墙，说说吧，新案子有啥需要我支持的？"

"哦，那我跟领导汇报一下。贠庆生昨晚确实在幸福乡和当地小卖店店主沈东阳喝的酒，饭后沈东阳拦了辆顺风车把他送回了市里，当时在七点半左右。从幸福乡到咱们市里，我慢悠悠开，用了四十分钟，如果不存在意外的话，一个小时内，贠庆生就应该回到家里。可他媳妇韩小梅说他遇袭的时间是当晚九点，有近半小时的时间对我们来说是涉案时间。"

"他手机呢？"老马一问就是关键。

"我昨晚问了他媳妇，他手机不见了，打过去是关机，我也让兴隆所的人去查了，看是否遗失。"

"立案，各种手段都用起来，把他的通话和微信记录都调出来。"

"好。"赵永年点了点头。

"他总不会像祁勇一样用老年机吧？"老马摇头一笑。

"那倒不会，我都有他微信，不过负庆生认字不多，只会发语音，连朋友圈都没有。"

"这北大街人咋就像活在 20 世纪似的？"

"没办法，历史遗留问题，群众教育普及率低，素质更是没法说，修得好好的路，脏水垃圾就往上泼，管不住。"赵永年直嘬牙花子。

"这几天我看了不少那边的卷宗，有几个案子一悬就是二十年，当然，那都是过去的事情了。咱现在刑侦工作可都是信息化系统化了，高打低呀，就算不能找补，也别丢脸哪，咱们兄弟手里要再压上悬案，睡觉翻身都不好意思呀。"

赵永年听出来了，老马这是在敲打他呢，这位领导是空降部队，真要遇上啃不动的铁骨头，人家有退路。自己在洮北市土生土长，又是个从小在北大街混大的地头蛇，退哪儿去？那可是无颜面对江东父老了。

凌晨，赵永年开车回家的路上，整座小城安静了，只有清冷的路灯照着前方。他又看了一眼副驾驶座上的麻将盒，那种北大街人特有的桀骜戾气突然涌了上来，猛拍了一下方向盘，心说：不就死磕吗？我一个当警察的还能怕你们这些妖魔鬼怪？谁敢折腾灭了谁，来吧，破不了这几个案子，老子明年搬回北大街。

上楼后，家里的灯关着，赵永年轻手轻脚地脱衣服换鞋，光着脚丫子走到卧室床边才发现郑娜瞪着挺大的眼珠子看着他。

"咋还不睡呢？"赵永年压低了声音问。

"等你。"

"睡吧睡吧。"

"嗯。"

赵永年背对着郑娜，却仍然能感觉到那两道目光在盯着他，大约过了五分钟，一声长长的叹息从耳后传来。

第二天一早，几乎整夜无眠的赵永年带着周策直奔通信公司，出示了昨晚老马签字的立案文件后，很快就拿到了老柿子的通话记录和微信聊天记录。

电话来往上没毛病，都是正常通信。微信聊天记录疑点重重，赵永年发现，老柿子在这一周内，给不下十人共转账12.8万元。在此之前，这些网贷公司的人和老柿子的聊天记录全在催他还钱。

这是个重大突破，方向极其明确。老柿子之前负债累累，近阶段却连本带利全部还清，说明他在这段时间有了巨额收入。

钱是怎么欠的？钱又是怎么还上的？这么大的金额往来，在北大街那种贫困的环境里是极其少见的。

赵永年让周策通过技术手段联系这些网贷公司借钱给老柿子的人，理出来老柿子的经济状况，自己马不停蹄地再一次赶往医院。

8

　　鬼子六开车接着小赖回了趟北郊村的小农场，从家里拿了几件换洗衣服，跟之前给老爷子雇的几个工人交代了一下，就又往城里返。

　　"你抱这家伙干啥？"鬼子六看着小赖怀里那只一身琥珀色长毛的阴阳脸肥猫直摇头。

　　"陪我。"小赖用手指给猫梳理着毛，头也不抬地说。

　　"在洮北市，你小赖摇旗子还缺人陪？"

　　"比人强。"好奇的肥猫看着窗外的风景，眼珠子乱转。

　　"我看你真有点儿抑郁了，要不，让你嫂子给你介绍个对象吧。"

　　"滚。"

　　"好心当成驴肝肺，换别人，我都不操这个心。"

　　"开你的车。"小赖和猫一起侧脸看向车窗外，一望无际的荒凉，像是夏天的一切都未曾发生过。

　　仙儿哥家中，一个戴着口罩的中年妇女忙忙碌碌收拾了一上午，中午，鬼子六和小赖再回来的时候，还开着门窗放味儿呢。

"仙儿，我这辈子谁都不服就服你，好好一个家，让你睡成了猪窝，打开屋门，院子里都是臭味儿，你多长时间没洗过被子了？"鬼子六站在院子里死活不进屋。

"老弟，这活儿你再给姐加二十吧，太埋汰了。"中年妇女把手头的抹布往外屋锅台上一扔说。

"行，干吧。"还没等仙儿哥开口，在炕上安置完猫窝的小赖出来说。

"老柿子咋样？"鬼子六问叉着腰的仙儿哥。

"医生说一时半会儿肯定醒不过来，不突然恶化就不错了，需要先观察些日子。"

"年糕去没？"小赖问。

"上午去了一趟，我当时被撵外面去了，就听了一耳朵，他问老柿子媳妇家里还有多少钱，估计是怕看病钱不够吧，要不咱帮着凑凑？"

"不用你们，我想办法。"小赖说。

三个人等那中年妇女收拾完，一起到鬼子六媳妇薛珍珠在北大街路口开的那间铁锅炖吃了锅炖杂鱼，小赖不喝酒，鬼子六和仙儿哥喝了一瓶白酒，酒后的鬼子六是个小白脸，仙儿哥说话则云山雾罩。他们从小在一起喝，小赖知道他俩都没事儿，这对他们来说是小酒。

"你后来就不应该再加那二十块钱，五十就不少了，要不是你非要来住几天，我就没打算收拾。"仙儿哥还惦记着清洁工的费用。

"懒死你得了。"

"收拾得挺干净，哪儿找的？"小赖细致地择着鱼骨头随口问。

"雷子球厅的保洁，哎，一会儿咱仨打台球去吧。"仙儿哥说。

"怕医院有事儿。"

"人家警察不让咱接近老柿子，他媳妇都只能按点探视，我也和他媳妇说了，有事儿随叫随到，时刻准备着。"

"六哥下午有班。"

"我是司机，喝完酒咋开车呀？没事儿，我请假。"

"那去吧。"小赖耸耸肩，无所谓地说。

鹏坤台球厅就在鬼子六媳妇薛珍珠开的饭店往南走两条街的街口，以前那里是钢窗厂，厂子黄了后，临街的车间地方大，雷子就租下来开了这家台球厅。

雷子以前也是个混混，在北大街人这儿熟头熟脸，这小子有一大爱好，就是打台球，在省里的台球赛都拿过名次。

鹏坤台球厅虽然外面破，但里面相当不错，墙上贴满了雷子和中外知名球员的签名合影。

球台都是新的，经常换台呢，南北二城爱玩台球的小混混都爱泡在这里。

雷子和小赖是小学同学，俩人以前经常吃一个饭盒里的饭，关系相当不错，所以小赖一进去，雷子从吧台出来就当胸给了他一拳。

"你还知道回来找我呀？"

"挺好呗？"

"对付呗，你咋瘦这样？"雷子拽了一下小赖的衣服领子。

"减肥用力过猛。"小赖咧嘴一笑。

"你们哥儿俩想玩自己开台，我和这小子好几年没见，唠会儿。"雷子对鬼子六和仙儿哥说。

"还是你有正事儿啊。"小赖想起了自己开网吧的日子。

"我是爱玩这个，就把它当个事业了，这次回来待多长时间哪？"

"没定。"

雷子正准备开口时，门帘开了一条不算宽的缝隙，灌进来一阵冷风，一个缩脖端腔、头发灰白、身材矮小的人从这条缝隙间挤了进来。

这人抬头一看吧台边的小赖愣住了："回来了？"

"啊。"小赖点点头，脸上一对梨窝出来了。

"钎子，今儿收成咋样了？"雷子笑着问。

"嗬，手机你收不？"钎子掏出两个手机，一个金立，一个苹果。

"啥样的？给我看看。"仙儿哥过来拿着把玩，"不行啊，这个打不开，不知道密码。"

"放下，你拿他那些埋汰东西干啥？"鬼子六把球杆一摔。

"看看呗。"仙儿哥又把手机放到钎子身边的球台边缘。

"来，陪我打几杆。"小赖一看场面有点儿尴尬，拍了拍钎子肩膀。

钎子是洮北市臭名昭著的小偷，不同于那些拿镊子硬拽人口袋里东西的小偷，钎子偷东西全靠手，因为他从小学时就开始偷东西了。

钎子家20世纪80年代住在北大街更北边，土墙外面就是乱葬岗，是穷人中的穷人，就连北大街这种穷窝子的住户，都敢嘲笑他们住乱葬岗附近那几户是看坟的。

钎子和小赖、雷子是同班同学，上到小学四年级就不念了，穷，实在太穷了，家里还有个妹妹，钎子十二岁就得养家。

像北大街的大人瞧不起乱葬岗那边住的大人一样，北大街的孩子也瞧不起钎子，更何况这小子手脚不干净，从小一起玩的孩子，他去谁家都得顺点儿东西，因为这个没少挨揍。

有一年，钎子偷了鬼子六家过年的一个猪头，被鬼子六知道了，堵住就是一顿暴打，要不是小赖拉着，鬼子六能把他活活打死。

小赖护着满脸是血的钎子对鬼子六说："今天你再打他，我就掏刀跟你干生死架。"

20世纪在东北冬天打过架的孩子都知道，因为大家穿得厚，拳打脚踢光累身子了，就是项娱乐活动。干生死架却是要抄家伙的，要是其他人说这话，鬼子六不怕，小赖说，鬼子六就怕了。

鬼子六是北大街家长都不敢让自家孩子跟他玩的坏孩子，夏天推小朋友下泥沟，冬天骗小伙伴舔铁门，不犯坏吃饭都不香，但他就没在小赖身上占到过任何便宜。

这几年大伙儿都在迈向或已经过了不惑之年，该释怀的东西早就已经释怀了，但鬼子六还是不能忘记因为丢猪头的事儿，他被他爸用鸡毛掸子揍得屁股三天不敢碰凳子，那是他最后一次挨家里大人的打，真是刻骨铭心哪！

整个门帘被掀开，七八个二十多岁的小混混拥了进来，为首的一个酒气熏天的，小赖一看，是二倭瓜的堂弟土豆。

"你们把手机都给我掏出来。"土豆喝得眼珠子都红了，进来就大声嚷嚷。

"大哥，就这个，这就我手机，定位准了。"一个小混混冲到小赖和钎子的球台前，拿起那部苹果手机叫了一声。

"敢偷我兄弟手机，不想活了是不？"土豆从口袋里掏出了一把大卡簧刀，晃晃悠悠走到钎子面前。

"土豆，东西找着就回去吧。"小赖又一次拦在了钎子面前。

"你谁呀？"土豆拿刀冲他比画了一下。

"他是谁你不认识呀？回去问问你二哥。"雷子坐吧台里笑着说。

"我管你是谁。"土豆挥刀往上刺，小赖躲都没躲，伸手就攥住了刀刃，土豆用力往回拽，血就滴出来了。

仙儿哥一看这边的情况，小赖手已经出血了，手中球杆抢过来就砸在了土豆后脑上，钎子绕过小赖掐住了土豆的脖子。其他小混混正要往前冲，鬼子六已经开始一枚一枚捡起桌上的台球往他们脑袋上扔了。

　　鬼子六的球扔得极准，很快把这帮小混混砸了出去，屋子里，土豆已经被仙儿哥和钎子打得翻白眼了。

　　小赖和土豆双双倒下，但他硬生生撅着刀刃把刀抢到了手中，他掉转刀把，看着身边一脸血的土豆，还是没忍心下手去扎。

　　鬼子六和雷子俩人把土豆抬起来，扔到了门外，那帮小子拖着他上了一辆汽车。

　　"雷子，你也不给我二哥面子是吧？"后面一个没上去车的小混混离挺远在那儿指着雷子喊，"等他来，把你球厅砸了。"

　　"回去告诉二倭瓜，不来他是我孙子。"雷子四处找了半天也没找到砖头，气得直跳脚。

　　小赖已经把大卡簧交给了鬼子六，右手上一道深深的口子正在滴答滴答淌血。

　　"上医院缝两针吧。"雷子进来看小赖起来捂着手，从吧台拽了条雪白的毛巾递过来。

　　"二倭瓜咋把土豆惯这样呢？"小赖摇头说。

　　"以后不能帮人就别帮，装啥呀你装？"鬼子六瞪了一眼钎子，说的却是小赖。

"走吧，叫来车了，抓紧上医院。"仙儿哥从外面拦了辆车回来说。

"车坐不下，我不去了。"钎子缩了缩手脚说。

"嗯，你好好的吧。"小赖梨窝仍在。

"完事儿告诉我。"钎子点点头。

"这是人干的事儿？"鬼子六气得过去要踢钎子。

"六哥，你别这样。"小赖弯腰拽了他一把，用包着血红毛巾的手把钎子推出了台球厅。

二倭瓜带人来到外伤处置室的时候，小赖的手已经缝完了，伤口很深，但好在伤了肉厚的地方，缝了十八针。

一群小赖不认识的流氓跟在二倭瓜后面，把处置室围了。

"小赖你有病吧？把土豆打那德行？"二倭瓜急赤白脸地说。

"别张嘴就说小赖，你看土豆把小赖伤啥样？"仙儿哥脸一板说。

"还有你俩，就陪他到处惹祸是吧？不管咋说，那是咱弟弟，真往死里打呀？"二倭瓜仰脸冲仙儿哥喊。

"你把这儿围了啥意思呀？二倭瓜，你想跟我火并吗？"小赖突然抬头扫二倭瓜一眼，嘴角下沉。手插口袋紧握着刀的鬼子六不动声色地往二倭瓜身边凑。

"你好不容易回来了，就不能消停点儿？"二倭瓜气急败坏。

"不能，我才是地头蛇，既然回来了，在北大街，除非把我小赖放横了抬进炉子，要不然，是龙给我盘着，是虎给我卧着。"小赖抬眼扫了一圈儿跟二倭瓜来的那些炮头大哥，完全没有了斯文秀气腼腆的样子，面目狰狞，大吼一声，"滚！"

来探望老柿子伤情的田晶在处置室外面瞧见了这一幕，如遭雷击，心想，完了，一见血，小赖彻底回来了。小赖心里住着一个恶毒凶猛的怪兽，在这个怪兽睡着的时候，他可以扮演任何正常的人，一旦怪兽醒了，他能干出突破所有人底线的事儿。

田晶一直以为，小赖在外面漂泊多年已经可以平衡这种极端心理了，但现在看来，不是的。

这一屋子乱七八糟的人，就算全部互相仇视，非要拼个你死我活，最后活着走出来的一定是小赖。

"你们要想干小赖就抓紧哈，等老柿子醒了，二倭瓜，我保证你占不着便宜。"仙儿哥坏笑着说。

"我真是服你了，下次你死了也别找我。"二倭瓜愤愤地指了指小赖，一咬牙，带着自己的那伙人就往外走。

"二倭瓜，你敢动雷子和钎子，就多准备点儿人防着我。"小赖冲门口扔了一句话，二倭瓜一声不吭，头也不回。

田晶看着小赖青白戏谑的脸，无奈地摇了摇头，这个冤家能把所有他想逼疯的人逼得彻底疯掉。

9

周策回家把自己关在房里分析案情。

贠庆生欠的钱本金是 6.2 万，最后还出去的 12.8 万，即使是 6 万，对生活在北大街的人来说也是一笔巨款。这钱网贷方并不知道他拿去干吗了，对方只是做这个生意，不会过问借贷人钱的用途。

韩小梅根本不知道自己家里的经济情况，和北大街许多没有正式工作的家庭妇女一样，老公在外面工作，每个月都会上交一笔家用，从不用过问家里的大账目往来。

贠庆生开小货车往农村一些小卖店送货的收入并不低，一个月纯利润起码四五千，月月能交给家里三千，这在当地算是经济条件相当可以的一家人了，六万是他一整年的收入，这么大一笔钱，他居然花得无声无息？

更重要的是，他哪儿来的那么多钱还债呢？

唉，这人要是能赶紧醒了就好了，一问，快刀斩乱麻结案了事。祁勇那些三姑六婆还得麻烦人家兴隆所的兄弟们过筛子呢，虽说都是工作需要，但这锅毕竟是刑警队的，要不是人家看和他周策一个锅里搅过马勺，咋会这么尽心？

赵队总说，天底下没啥新鲜事儿，无非就是人与人之间的事，人做出来的事儿，人摆平的这些事，所谓案件，再大或者再小，归根结底都是涉案之人的一个个动作分解，找对了人就是摸准了案子的脉。

看着手中的纸上一个个问号，周策想，自己啥时候才能把这些问号抻直变成叹号呢？

"大儿子，你开开门，妈跟你说点儿事儿呗。"周策母亲徐春萍在门外轻轻叩了两下门说。

"妈，门没锁，你进来吧。"周策把写着案情分析的纸翻过来放在桌上，作为刑警，这点儿保密意识他还是有的。

"大儿子，妈不是催你哈，你瞅你今年都二十七了……"徐春萍是洮北市第七中学的语文老师，端着一盘圣女果，一副要指导周策做功课的样子。

"打住，妈，我也急。原因之一，我太忙，原因之二，我工作环境里那些女的……唉，这么说吧，跟你儿子我单挑还说不定谁输谁赢。"周策从果盘中拿出个圣女果塞嘴里，"我之前不是答应过嘛，你帮我找，约好时间我去相亲，只要对方不是什么上来就要这要那的奇葩，包办婚姻我也认了。"

"我大儿子最听话，知道自己答应过的事儿就行。"徐春萍眉开眼笑地摸了一下儿子的头发。

"咋了妈？你已经心有所属了？非推你儿子下火坑不可？"

"少胡说八道，乱用成语，你林叔给我介绍了个在检察院工作的姑娘，我看情况还不错，就琢磨着你也见见，哪怕先交个朋友呢。"

"公检法不分家，行啊。"

"姑娘本人条件那可真是没毛病啊。就是家庭条件一般，和一个腿脚有毛病的老妈还住在北大街呢，唉，反正你先看看吧。"徐春萍这会儿又皱起了眉。

"啊？那必须见哪。"周策的心思一下就跳到了北大街当下的两起刑事案上了，甭管相亲结果如何，多了个信息点也是好的呀，"妈你赶紧约，我这两天就有空。"

"你瞅你急那样，男孩子呀……"徐春萍笑着摇头。

"男人，你儿子我已经是个男人了，快约快约，我要见。"

"我等会儿打电话问问你林叔人家啥时候有空哈。"

在赵永年心目中，老柿子是个北大街的老好人，他从小就是个老好人，从来没因为自己惹过祸，每次帮朋友打架一定冲在前面，退在后面，这些年所有认识他的人提起老柿子无不挑起大拇哥，那是个纯爷们儿，办事儿大气敞亮。

在小赖离开洮北市之前，他俩天天焦不离孟。

当年小赖喝多了开始散德行，那是北大街一景，无论跟谁都敢比画比画。老柿子这时候一定保持清醒，在他身边笑眯眯地看着他折腾，一旦小赖吃亏，老柿子往上扑的时候，那就谁也拦不住了。

这么大一笔钱在老柿子手里无声无息地流出流入，难道与小赖有关？这小子在外面不清不楚地混了十几年，现在又突然转了性，一副深不可测的样子，这里面有多少猫儿腻还真不好说。

想到这里，赵永年给小赖打了个电话，约他晚上一起吃饭，对方犹豫了一下，才答应在薛珍珠的铁锅炖那里等。

赵永年到饭店的时候，发现鬼子六和仙儿哥都在，小赖的右手上缠着厚厚的一层纱布，问："咋整的？"

"我帮仙儿收拾东西刮了一下。"小赖把赵永年往包房里让。

赵永年一看小赖若无其事的表情，就知道他撒了谎，这小子完全没有了之前沉静思索的样子，本来这两天看他都像是隔着层毛玻璃，现在看他倒像是隔着层透明玻璃，但里面摆的都是他想给你看的。

"小赖说你不爱吃鱼，我让人炖了个大鹅，且得炖会儿呢，让厨房炒俩菜咱先喝着。"鬼子六也进了包房说。

"你还敢喝？"赵永年看了一眼这个如今已看不清深浅的发小儿，他脸上一直在笑，却奇迹般地不见了梨窝。

"不敢，我看热闹，你们喝。"小赖眨巴眨巴眼睛坏笑着说。

"别闹了，我主要是来打听点儿事，酒就不喝了。"赵永年一摆手。

"啥事儿啊赵队，我们是不得回避呀？"仙儿哥夹着一筷子菜，停在了半空。

"不用，你们该吃吃该喝喝，我就想问问，老柿子整小货车这两年到底是挣了还是赔了呀？"

"具体情况我还真不知道，不过，我跟他借钱，他总说是赔了。"仙儿哥说。

"你和谁借钱，谁都得说赔了，敢把钱借给你的人得傻成啥样啊？扔河里还能听个响儿呢，你败家连个动静都没有。"鬼子六踢了仙儿哥一脚。

"我不知道，应该还可以吧。"小赖看着两个活宝笑着摇头。

"那你们知道不知道他为啥欠了十多万块钱饥荒啊？"赵永年在说这话前就注意观察着这三个人的反应，发现话说出去后，仙儿哥和小赖第一反应都表现了惊讶，鬼子六居然没反应。

"不可能。"小赖一拍桌子，手上的伤口都震开线了，血顺着纱布淌了出来。

"我从来没听说过老柿子有啥大花销，欠十多万？你听谁说的？"仙儿哥把筷子放下问。

"内部消息，确定无疑，都别到处传哈。"赵永年煞有介事地说完，开始定向观察鬼子六。

"这事儿谁敢传？放心吧赵队，保证守口如瓶。"鬼子六点支烟笑。

"给我支烟。"小赖伸手。

"小赖你真一点儿不知道？"赵永年眯着眼睛看小赖，其实注意力全在鬼子六身上。

"他连买车时候欠了好多饥荒都不跟我说，从小到大，他是唯一没和我开口借过钱的人，唯一。"小赖环视了一下屋子里的其他三人，没错，这三人都曾经或多或少从小赖那里周转甚至直接要过钱。

"咳，所以这事儿蹊跷哇。老六，仙儿，咱们都是一起光屁股长大的，老柿子的事儿我这儿列为要案在查，你们还住在北大街，多帮我打听打听吧。"赵永年拍了拍鬼子六的肩膀说。

"必须的，全力配合，这事儿是咱自己事儿了。"鬼子六低头摆弄烟盒，这时小赖的目光也盯上了他。

"你们吃吧，我真不吃了，本来就是找小赖打听打听的，走了哈。"赵永年说完起身就往外走。

"年糕，哦，赵队。你得多费费心了，我一会儿就去医院，有啥事儿咱第一时间沟通。"小赖把赵永年送出了包房。

"行啊，到医院把手上伤口重新处置一下。"赵永年眼睁睁看着小赖又开始罩上了一层毛玻璃，这小子如今带着一种自动雾化的效果。

"通电话。"小赖给赵永年使了个眼色，暗示这里有些话不好说。

从医院里把手又补缝了两针，重新包扎了一下后，小赖和仙儿哥上楼看了一趟老柿子。

赵永年派了两个警察把已经可以搬进监护病房的老柿子控制了起来，包括他媳妇韩小梅在内，任何人不得在他醒来之前再来打探伤情，伤情即案情，他苏醒过来后，接触的第一个人必须是警察。

　　他们回到仙儿哥家，一开灯，就看那只肥猫在炕里左扒拉扒拉，右扒拉扒拉，像是在埋什么东西。

　　"它什么情况？"仙儿哥皱眉头看着这个无法沟通的客人问小赖。

　　"哦，他嫌你炕上脏。"小赖笑着脱鞋上炕，把肥猫又搂在怀里说。

10

一大早，赵永年就接到了周策的请假电话，说家里给安排了个姑娘相亲，正好人家今天有空，想中午见个面。

赵永年本想斥责一通这孩子不懂事，忙冒烟了还有空相亲。可周策连珠炮似的说，这姑娘是北大街人，又在检察院工作，于公于私都应该见一面，赵永年心一软，就同意给这小子半天假。

周策一请假，赵永年就得亲自去银行。

他把老柿子的财务情况做了个调查。发现自从今年春天开始，老柿子每个月都有大额度的网络支出，少则两三千，多则一两万。

然而在十天前，情况突然发生了逆转，那天他在银行柜台存了三十三万来历不明的现金。紧接着，账户里的部分金额又在网上用于还款了，除了微信记录上能对得上账的，又支出一万多。

这是在网上又养了一个家吗？

赵永年没时间细琢磨，把对账单都要过来后，准备回队里先跟老马汇报一下情况，这案子也是个坑，老柿子不醒，这坑难填哪。

走到银行门口，手机响了，一看是兴隆派出所蒋副所长来的电话，心里咯噔一下。豆包媳妇那儿还有一出戏候着场呢，这老娘们儿肯定又去兴隆所里闹了。

"什么情况？"赵永年硬着头皮接了电话。

"赵队，乱葬岗发现一具尸体。"蒋副所长直奔主题。

"好，我马上过去，你通知一下马队看他过去不。"赵永年感觉自己脑袋又大了一圈。

"赵队，这个报案人有点儿特殊哇。"

"嗯？怎么个特殊法？"

"扔包袱皮的。"

"活的死的？"

"活的，给口奶缓过来了。"

"给我按住。"

赵永年上了车就一路风驰电掣地往北边赶，乱葬岗与北大街接壤，中间就隔着一条老毛纺厂排工业污水的火碱沟，前些年平整过一次，但还没来得及完成北部新城阶段性布置的规划任务呢，仍然是一片覆盖雪衣的荒原。

那里据说是当年日本人留下的"万人坑"，当地人根本不往那边去，但赵永年小时候倒是常去，北大街的野孩子顽劣到了神鬼不敬的地步。

电话又一次响起，是老马打来的，赵永年在车上按了免提接起来。

"永年，你在往乱葬岗走吗？"

"对，正开着车。"

"刚才老蒋说报案人是个扔包袱皮的，我一马虎，没整明白啥意思，你帮着给翻译翻译呗。"

"领导，这是本地人的一种特殊称呼，包袱皮用现代汉语来说就是'襁褓'，扔包袱皮就是弃置婴儿，干这事儿的基本就是巫婆和出马仙，我刚才问过蒋所长了，报案人是扔活孩子的，如果情况属实，这也是桩谋杀案。"

"21世纪了，还有这么愚昧的人？"老马难以置信地说。

"唉，咋说呢，有很多很难想象的事情。"

老马放下电话后，心里冒出了许多问号，他虽然不是洮北市人，但刑事案子嘛，也不外乎烧杀抢掠，犯罪分子再凶残狡猾，只要被公安机关摸准了脉，一双冰冷的手铐，就是两个句号，一个送给案犯服法，一个留给公安收兵。

可这扔包袱皮，还真是头回听说，按照赵永年这说法，那么发现乱葬岗抛尸的报案人首先就是个谋杀犯，这让老马泛起强烈的好奇心，得亲自去兴隆所会一会这朵奇葩。

老马的车停在外面，蒋副所长就已经从楼上看到，连忙跑着下楼迎接了。

"报案人在哪儿？"

“关审讯室里了。”

“你说那个包袱皮呢？先带我去看看。”

老马跟着蒋副所长来到二楼一个有落地窗的接待室，只见三个年轻女警正围坐在沙发上逗着个艳丽襁褓中的孩子，小孩在阳光下涎着口水，挥舞着小手试图抓女警的肩章……

这是老马近些年来看到的最美的一个画面。要不是蒋副所长咳嗽一声，有两个女警站起来给他们敬礼，打破了本该凝固的时间，老马觉得这近乎一个美梦。

“就是这孩子？”老马过来伸出粗糙的手指轻轻碰了一下小孩的脸，抱孩子的女警本能地把小孩往后放。

“领导，这孩子非常健康。”女警为自己的本能防备感到有些不好意思。

“要不是我把审讯室门锁上，这几个丫头就要犯错误跟人动手了。”蒋副所长摇头说。

“可不能动手，你们是警察，要控制好自己的情绪，我去看看吧。”老马又想伸手去摸这个可爱的孩子，但还是忍住了。

兴隆所的审讯室就在一楼，在老马进去前，蒋副所长又亦步亦趋地跟着给领导介绍了一下情况。

这个报案人叫刘桂香，是个六十二岁的中年妇女，报案的时候一直自称刘姨，搞得接警的同志以为她就叫“刘怡”呢。

有离得近的同志火速赶到现场，这位刘姨正在拍尸体照片不紧不慢地发朋友圈呢，脚底下还有一个已经哭背过气的婴儿。

民警同志让刘姨删了朋友圈，但她那几张模糊的照片和几个耸人听闻的字已经流传出去了："乱葬岗子这儿又死人了，北部新城有煞气。附近想破煞冲灾的找刘姨，保证你家不犯说道没毛病。"

封锁现场后，一老一小火速被带到了兴隆所。

很快，蒋副所长在自己朋友圈儿也看到截图了，赶紧各处通知。

幸好这位刘姨的手机像素低，根本看不清现场，配文本身又很像个谣言，没引发不可挽回的恐慌后果。

老马进去的时候，刘桂香正坐在审讯椅上打哈欠，看之前把她关在这儿的领导陪着一个看上去更有领导气势的人进来了，连忙喊冤："警察同志，你们整错了吧，刘姨今天是报案的呀，咋把我也锁在椅子上了呢？人又不是刘姨杀的，冤死我了。"

老马低下头贴着蒋副所长耳朵说："蒋所长，你先出去，我套套她话。"

刘桂香就看这两人咬耳朵，也听不见在说啥，又急了："我告诉你们，刘姨可绝不是没见过大官哈，你知道刘姨给谁家出过马吗？说出来吓死你们，就你们这小派出所还想关住我？"

"吵吵啥？你个老太太不跳广场舞，一大早上跑乱葬岗子那边嗨瑟啥？"蒋副所长出去后，老马突然吼了一声，吓刘桂香一跳。

"刘姨这不是接了个活儿嘛。"刘桂香搓着手说。

"哦，扔包袱皮是吧？你给我解释解释，你干这活儿在三百六十行里算哪一行呢？"老马看似轻松无意地开口问道。

"这咋说呢，刘姨脚踩的是阴阳两界，干的是第三百六十一行，你说它算白事也行，算红事也行。刘姨把白事当红事办，帮主家消灾解难。"

"那咱得好好探讨一下了，刘姨你是用什么方法来帮助主家消灾解难的？"老马一副虚心学习的样子。

"你不是知道了嘛，刘姨扔包袱皮呀。"刘桂香故弄玄虚地压低了声音，"那里面都是走错了路的命还没等见光呢，就又回去了。"

"不对吧？你今天扔那个包袱皮里，可是个有气儿的孩子。"

"喘不了几口的，八字灾大，刘姨给算过了，留着也肯定养不活，搞不好家破人亡。"

"刘姨，你干这个多长时间了？"老马忍着恶心开始让话题更加深入案情。

"刘姨干得早，1986年就开始干了，那会儿活儿多，现在活儿少了。"

"那你得扔了不少包袱皮吧？"

"应该说是给不少人家破了灾，要不留着也肯定养不活，刘姨干啥的？一眼就能看明白这里头咋回事儿。不出半年，必遭横死，轻了倾家荡产，重了就家破人亡。以前北门外就有一个不听劝的，后来家里着火了，一家五口全都没了，多吓人你

073

说。"刘桂香煞有介事地说。

"那你知道包袱皮里都是生命不？就非挣这份钱不可？"老马想到刚才楼上那一幕攥紧了拳头问。

"那是灾星，我们破灾的也不是图钱，刘姨可积老了德了。刘姨要出马，不管啥法力的保家仙，咱都能请来。你信不？"刘姨一副自豪的样子。

"你，你，你，就你，枪毙十次富富有余，老老实实给我交代，你扔过多少活着的孩子？"老马嘴唇直哆嗦，冲到审讯椅前手都举起来了，恨恨地一拳砸在了刘姨身前的挡板上。

从审讯室出来，老马气得拿拳头咣咣砸墙，今天要不是还穿着这身警服，又在兴隆派出所的地盘，他非扇这刘姨几个大耳光不可。就应该让那几个小丫头冲进去先捶她一顿，这会儿老马又怨上蒋副所长太坚持原则了。

这么个毫无法律意识的愚妇，干下那么多惨绝人寰的血案。程序上和情绪上，自己都很难控制。

这位刘姨身上的案子，比北大街其他几个案子加起来情节还要严重，性质还要恶劣。老马觉得，自己必须去一趟北部新城的公安局新办公大楼了。

11

仙儿哥一大早就不知道干什么去了，小赖把屋子又清洁了一遍，把那只肥猫安顿好，出去到老柿子家门口叫门。

韩小梅一听是小赖来了，赶紧去开大门，他们家的两条大狼狗通人性，都认识小赖，但一闻到他身上的猫味儿，还是汪汪汪叫了几声，韩小梅拿个棒子吓唬一下，狗就又缩回了各自窝。

"嫂子你一会儿还上医院去不？"

"去呀，警察说我能看，但不能打听，这啥事儿呢，我都急死了。要不你再找找人？要不和那个赵队说说？再问问我家老柿子到底得昏迷多久才能醒啊？"韩小梅嗓子都哑了。

"赵队是警察，人家有办案原则。他跟我和老柿子也都是发小儿，他不让咱现在去打听，咱就不能瞎打听，放心吧，他肯定不能坑咱，没事儿，嫂子你伺候好老太太就行，她知道不？"小赖往老太太那屋看了一眼。

"这老太太天天迷迷糊糊的还能知道个啥？但这两天也叨咕，一会儿说他儿子，一会儿说你，一会儿又说弹弓子的，说谁都是骂骂咧咧。"

"这个病就这样，学名叫'阿尔茨海默病'，清醒一阵儿糊涂一阵儿，想的都是陈谷子烂芝麻的事儿，对了嫂子，我想问问你，我哥这几年和别人耍钱不？"

"他哪会玩那个呀，笨，不会，成天就知道戴个耳机摆弄手机，嘿嘿傻乐。"

"胡同里有谁和我哥闹过别扭吗？"

"没有，鬼子六和仙儿跟他好着呢，出来进去见着了又打又闹，都是闹着玩，从来没有急过眼。"韩小梅想了想，"他俩没你哥体格好，谁都闹不过他。"

"也未必，鬼子六那小子闹着玩都下死手哇，我哥就没吃过他的亏？"小赖眨巴眨巴眼睛说。

"没有，你哥前几天喝多了。和鬼子六俩人嗷嗷在胡同口喊，说他们都给北大街争光了，俩人嬉皮笑脸摔了一跤，把鬼子六给整沟里去了，爬半天才爬出来。"

"那也没急眼？"

"多大岁数了还急眼？两个大闹完，好得跟一个人似的，搂脖抱腰，非敲仙儿他们家门要接着出去喝，我和珍珠把他俩都拉回自己家了，仙儿那天幸亏没在家，要不然三个人凑一起又得喝半宿。"

"还是我这戒酒的好哇。"

"拉倒吧，就这两年你像个人了，前两年不也这样儿？"

"不唠了不唠了，再唠就成数落我了。嫂子，这儿有张卡，密码是我家门牌号输入两遍132132，你先拿着，我哥没醒你手头没大钱不行，看病就用这卡里钱，保证够，用多少以后咱一起算就行了。"小赖掏出一张银行卡说。

"你哥头几天还给我两万呢，我估摸够了吧，你哥总说你花钱大手大脚，自己都不够花。"

"够不够你都先拿着，我自己还有呢，不用就当帮我保管了。"

"行吧。"韩小梅犹豫了一下，接过银行卡。

小赖刚从老柿子家出来，就看宋奇走出自己家门，要往胡同口走。今天她没穿检察制服，一身白色的羽绒大衣，黑色雪地靴，脸上画了淡妆，这个当初整天淌着鼻涕哭哭唧唧的小丫头，如今已经出落成一个大美女了。

"哟，相亲去呀？"

"讨厌，你咋知道呢？"宋奇白皙的小脸儿当时就红了。

"你昨晚上逃之夭夭，今天这打扮，可以想象。女大不中留哇。"小赖笑出了梨涡。

"还偷看人朋友圈，那你咋不点个赞？"

"我怕你集了赞随机选，哈哈。"

"当哥没个正形，难怪我哥说你一辈子浪荡命。"

"快去吧快去吧，小伙子要是靠谱，拉来给小赖哥帮你相看相看，别的哥不行，把浑蛋泡醋里，我都能闻出味儿来。"

"你还有那功力？"

"当然，你哥我就是个大号浑蛋。"小赖说完就拐进了仙儿哥家院子。

宋奇在快餐店窗外就看到了靠窗坐着的周策，她低头想了一下，走了进去。

周策看了看站在身前的这姑娘，和那张穿检察制服照片上的形象不一样了，俏生生站在那里，显得那么柔弱，那么楚楚可怜。他连忙起身，碰到了托盘，可乐杯倒了，又被他一把扶住。

"你就是周策吧？"宋奇先开口，带着东北姑娘特有的泼辣劲儿。

"是我是我，你就是宋奇？你好。"周策手足无措，这姑娘的颜值超出了他之前的想象，自己现在有点儿乱了方寸，敬礼也不是，握手也不是，只好伸出了笔直僵硬的胳膊请对方坐。

"我听林叔说，你在公安局工作？不忙吗？"

"忙，我在公安局刑警队，忙得要死，不过，今天是我们队长特批给我半天假，来见见你，见到你很高兴，宋奇同志。"周策仍然有些紧张地说。

"我去拿点儿吃的。"宋奇往后靠了一下，站起来走向柜台。

"别，我请你，你想吃啥？"周策像安了弹簧一样也站起来。

这时电话不识趣地响了起来，一看是赵永年打来的，周策尴尬地一笑，指了指手机接起了电话："什么事赵队？我在见一位……朋友。"

"我不管你是在相亲还是洞房，现在马上到乱葬岗子，这有一起抛尸案，我已经在现场控制局面了。"赵永年用前所未有的语气严厉命令周策。

"收到。"周策不自觉地打了个立正，后背都冒出汗了。

"你，还有事儿吗？"宋奇露出一个如释重负的表情。

"嗯，对不起，宋奇同志，我职责所在，要临时去趟乱葬岗那边，你能加我一下微信吗？"周策递上了显示二维码的手机。

"快忙你的去吧。"宋奇扫了一下他，看着他还没等自己把客气话说完就拿着手机跑出去开车，表情变得极其复杂。

点完餐后，宋奇坐在原本周策坐的对面，掏出手机，把通过了验证的周策屏蔽了。

在赵永年到达乱葬岗的时候，一些从北部新城公安局新办公大楼赶来的同事已经在忙碌地做着取证工作了。

赵永年早早就下车步行，在周围绕了一大圈，仔细观察环境后，再逐渐缩小范围来到尸体前，一些取证的同事和他打招呼，他摆摆手。

尸体被发现时是脸冲下的，最近几天洮北市下过两场小雪，由于尸体下身穿一条泛白的浅色牛仔裤，上身是一件土黄色羽绒服，又覆盖上一层雪，在乱葬岗深处的积雪和枯草中并不显眼。

赵永年作为老警察，和法医们也熟，一边闲聊着戴手套一边凑近尸体，看到被此前赶到的法医翻过来的尸体正面，赵永年脑袋嗡的一声，像突然炸开了一样。

那张脸他太熟悉了，从小到大就在一起厮混，哪怕阴阳两隔也不可能遗忘。

像是不确定自己的眼睛是不是出了问题，赵永年蹲下拨弄了一下尸体的右手，右手的食指和中指都是扭曲的，这不是死后伤，而是旧伤。

两根手指以正常人不可能完成的物理动作指着不同的方向。

"赵队，又是弩箭，箭头射中太阳穴，进去了一寸半，就留下个尾巴根儿。"法医老冯过来和赵永年说。

"死亡时间？"赵永年嘴唇和声音都在发抖。

"看样子已经弃尸在这里半个多月了，具体死亡时间确定还需要进一步的解剖。"老冯以为赵队这种哆嗦是冻的，没注意到他眼圈儿都红了。

"嗯，这名被害人很像是之前报过失踪案的失踪人口，我给你个电话，通知家属认尸。"赵永年在尽量让自己冷静下来，去履行警察职责，不把还躺在雪地上的这具尸体视为自己的发小儿。

失踪的豆包终于找到了，北大街的人成了乱葬岗的鬼，这个迷信的家伙，被一个搞迷信活动的巫婆找到了，冥冥中的事情，谁能说这不是命呢？可谁又能断言这就是命呢？

又做了一番勘查后，赵永年情绪平复了一些。他掏出手机拨通了老马的电话，向他汇报现场工作。

"马队，我在乱葬岗弃尸现场。死者是一个兴隆派出所接到过报案的失踪人口程洪亮。"赵永年靠在车上深呼吸，"凶手使用的作案工具与正在侦破过程中的祁勇被杀案相同，也是弓弩。"

"这怎么都，这怎么都形成系列案了？唉，你们这个北大街呀，愁。"老马在电话那端叹息说，"你初步判断，这起案件和前一起有什么不同吗？"

"有，祁勇是当街趁夜行凶，尸体在原地未做处理，凶手应该是迅速逃离现场。"赵永年回头看了一眼，同事们已经拍完照片，准备移动豆包尸体，"但是，豆……程洪亮是被凶手挪到乱葬岗子的，衣物完整，羽绒服拉锁直系到顶。"

"既然做了抛尸处理，那么说明凶手在作案时间上还是从容不迫的，现场还有什么其他发现？"老马问。

"马队，现场尸体周边的脚印除了今早那个报案人的，没有其他足迹，应该被凶手处理过了。但刚刚我一下车的时候，发现有一个断面宽度205毫米，小型车雪地胎的印记。方向朝抛尸地点，这辆车应该停留了较长时间，印痕周边轻度摩擦，说明减震有过异动，有人上下车。我判断，在这四下荒无人烟、夜间也不会有人经过的乱葬岗子，凶手有可能就是开了一辆小型车来抛尸体，而且点着大灯给自己的抛尸行为照明。"

"很好，永年，虽然这一起接着一起的案子都赶一块儿了，但你不要慌，稳住，像玩打地鼠一样，观察，忍耐，出手快。"

"明白，马队。"

12

　　小赖靠在炕上看着自己那只肥猫挤进仙儿哥屋子各种缝隙东找找西扒扒，一会儿刨出来一本残缺的小人书，一会儿咬出来一个掉了半边毛的鸡毛掸子。

　　仙儿哥是个神奇的人，小时候其他孩子打架拿菜刀镐把铁锹，他这个二货，在小开本的杂志上买一堆乱七八糟的武器：铁扇子、双节棍、软剑……

　　每次大家出去打群架，就看仙儿哥拿个独门兵刃，被人追得四处乱窜。

　　这时，手机上打进来了一个显示是北京号码的未存电话，小赖看着电话发了几秒钟呆，还是接了起来。

　　"你，还在东北吗？"电话那端，一个女人说着软软糯糯的江浙口音。

　　"嗯。"

　　"我在北京，想求你个事儿。"

　　"说。"肥猫又跳到炕上抖搂抖搂爪子用脸来蹭小赖大腿。

　　"能不能帮我修改个调查方案？"对方犹豫了几秒钟后说。

"啥时候要？"小赖摸着猫下巴问。

"今晚前，行吗？"对方小心翼翼地问。

"好。"

"等等。"

"还有什么事情？"

"我，能不能看看你，去看你，或者，哪怕你给我发一张现在的照片。"

"等邮件吧。"小赖说完就毫不犹豫地挂了电话。

仙儿哥家的破电脑已经落满了灰，小赖打开一看，这电脑还是 Windows2000 系统，连接的网络早已不知欠费多久了，也无法连接无线网络。

小赖恨恨地摇了摇头，狠狠地打了凑过来看热闹的肥猫一巴掌，穿衣服就往外走。

明正胡同口也不好打车，北大街的出租车不多，往西走四百米，在鬼子六他们家的铁锅炖那个路口，才会时不时有过往的出租车。

小赖快走到路口的时候，就见前方有一个穿着白色羽绒大衣、黑色雪地靴的姑娘和他相对走来。

"这么快就回来了？看样子没相中啊？"小赖随口逗了一句。

"不想跟你说这个。"宋奇看到小赖，捂着被风刮疼了的脸说。

"丫头，世界大着呢，保不齐哪天就有个超级大帅哥，踩着七彩祥云到你面前，哭着喊着非要跟你好。"

"借你吉言吧，小赖哥，你干吗去？"

"找个网吧挂会网号。"小赖又想起自己开网吧的时代，人们都是这么对话。

"快去吧。"代沟太深，宋奇显然没什么共鸣。

小赖没进饭店，就站在路口等出租车，等了十几分钟，冻得不行的小赖正想钻进铁锅炖暖和一会儿的时候，一辆银色SUV停在了他面前，车窗缓缓下落。

"干吗去？"彪子在驾驶座上单手扶着方向盘问。

"出去一趟。"

"上车。"

"你干吗来了？"小赖上车后，把手伸向出着热风的空调出风口。

"到酒厂给我老丈人拿箱酒，司机今天放假，我就自己开车出来了。"

"彪哥很时尚嘛，车上这香水味儿还挺好闻。"小赖像狗一样抽动着鼻子说。

"没你时尚没你浪，说吧，这是要上哪儿去浪？"

"你把我送到美姿内衣商场那边吧。"

"这是要去看看当年那位刻骨铭心呗？"彪子一脸坏笑。

"你啥都知道。"小赖嘿嘿一笑，不做解释。

美姿内衣商场开在洮北市的核心地段，是地标性个体商城了。小赖下车后，频频和彪子挥手，直到那辆银色 SUV 在视线中消失，两眼还在直勾勾地盯着车开走的方向发愣。

"你上我门口当门神来啦？"田晶推门出来问。

"彪子车上的香味儿，和他媳妇身上的味道不一样，我好像在哪儿闻过。"小赖头也不回地说。

"你那是狗鼻子呀？"田晶把门关上了。

美姿内衣商城楼上楼下共计差不多三百平方米，楼下全是商柜和内衣模特儿。小赖跟着田晶身后进了门，然后就像回家一样，穿过整层商品区往楼上走。

洮北市几乎所有临街商铺都是这样，一楼经营二楼居家。

"哎哎哎，你这人咋这么不要脸哪？让你上楼了吗？"田晶追着他上楼喊。

"我得用一下你电脑。"小赖上楼后，看到楼上有一半置放着货物，另一半有一道门，被密码锁隔开了，"门打开呀。"

"不开。"田晶过来面对他后背堵着门。

"快点儿，我真有正事儿。"

"你自己开，蒙对了就随便进。"田晶闪身让开了。

小赖在门口假模假样地输了两次错误数字，第三组数字用的是田晶生日，田晶真实生日和身份证不一样。

门开了，小赖若无其事进了屋子，里面是一个普通单身女人的卧室，简单装修，化妆台，大镜子，靠近窗边是床，床内贴墙有个电脑桌，上面有台笔记本电脑。

小赖把她电脑打开，输入的是她六位数的 QQ 号码，Windows 界面就出现了。

"你用过的密码，我始终就没忘过。"小赖在开机时扭头对田晶嘿嘿一笑。

"狗东西。"田晶倒到床上，把脸埋进一个大玩偶里骂。

小赖受伤的手丝毫不影响灵巧的操作，他开了邮箱，下载了一份 Word 文件，满脸凝重地看着里面的内容，时不时敲敲打打地删删改改，根本不理会这间屋子的主人田晶。

田晶好奇地看了一会儿，发现根本看不懂，就下楼去忙生意了。

两个多钟头后，田晶端了一盘饺子又来到楼上，她从饭店要了餐。怕小赖自己这么沉浸下去，又会饿得前腔贴后腔才知道自己胃里早就没食儿了，提前给他预备出来。

终于发送完邮件，小赖像是幸运地完成了一项非常危险的工作，长长出了一口气，一抬手就碰到已经放凉的一盘饺子，不管不顾抓起来就往嘴里塞，酸菜油渣馅儿，他最爱吃的口味。

"手都不洗。"

"不干不净，吃了没病。"

小赖笑嘻嘻掏出嗡嗡作响的手机，看是赵永年，连忙跟田晶摆了摆手，清了清嗓子接起来说："年……赵队，知道老柿子因为啥欠钱了吗？"

"不是这事儿，还有个事儿，小赖，你在哪儿？"赵永年的声音听起来十分犹豫。

"家。你说，没事儿。"小赖躲过田晶拍过来的巴掌。

"豆包找着了。"

"他跑哪儿去了？还知道回来呀？"小赖一推盘子站了起来。

"小赖，豆包的尸体，找着了，在乱葬岗子上。"

"什么？"小赖一哆嗦，手机滑到了地上。

"小赖，小赖你在听吗？"赵永年的声音从听筒里传来。

"天哪，我捡，我捡，你躺下。"田晶连忙扶住了小赖，把他往床上推。田晶从未看到过小赖这样手脚失控，试图捡手机时那盘饺子被他扒拉得散落一地。

"你在听吗？还在吗？你咋的了？"赵永年仍然在电话那端问。

"你们，在哪儿？"小赖仰在床边，耳朵上贴着田晶拿着的手机，两行热泪滚滚而流。

"警方已经完成了取证工作，尸体法医也已经处置完了，待会儿会直接送到医院太平间。"

"我这就去等豆包。"

"豆包咋了？豆包咋了？我问你话呢。"田晶对豆包印象一向挺好，她和小赖谈恋爱的时候，闺密郑娜在和豆包谈恋爱，四个人总一起出去玩。

"豆包，他死了。"小赖面如死灰地说。

13

新太平间和新医院大楼不是一幢，而是在前面一排西侧的一个二层小矮楼。

矮楼里没有楼梯，上下用的是坡道，方便运尸的推车来回移动。

豆包尸体被运过来的时候一场鹅毛大雪洋洋洒洒地从天空飘落，小赖身披一件田晶的大羽绒服，看着运尸车停下，几个太平间工作人员和警察还在和哭得快没气儿的豆包媳妇做交接手续。

田晶把他送过来就开车走了，她说要去看看郑娜，洮北市这种小地方，消息传得特别快，她肯定已经知道了，得陪陪她。

豆包被抬下来了，小赖大脑一片空白，想起了某年冬天的一个深夜，他和豆包醉得胡言乱语。

豆包说，人总得信点儿啥，才能活得舒坦。

小赖说，如果为了活得舒坦非要信点儿啥，这种信仰本身就是个买卖。

彪子在，鬼子六在，仙儿哥在，甚至之前和小赖闹得很不愉快的二傻瓜也在，他们肩并肩站在风雪中，各怀心事，沉默不语。

赵永年看着他们，突然又想起了那次蔬菜大棚里拜把子的场面，当时他就是和现场这些人，还有老柿子和弹弓子，共同发誓说要同年同月同日死。

　　赵永年知道他们此刻都是真的悲伤，他自己也很悲伤，但他还有工作。赵永年指示人把豆包媳妇单独带到医院的警务工作室。却被值班民警告知，医院正在升级监控系统，摄像头不能用。

　　"弟妹，虽然现在不是时候，但案子就是案子，为了帮豆包报仇，找出来杀他的真凶，我必须现在就问你几个非常重要的问题，你不能有任何隐瞒。"赵永年把豆包媳妇扶到椅子上，自己坐到了她对面，示意旁边一直闷闷不乐、机械般执行命令的周策打开执法记录仪做记录。

　　"你死了，我可咋活呀……"豆包媳妇抽泣得都几乎没了声音。

　　"给我憋回去，清醒点儿，我问啥你说啥。"赵永年突然一拍桌子一声暴喝，现在不是客气的时候。

　　"嗯嗯——你问吧。"豆包媳妇被赵永年吓住了，捂着嘴小声回答。

　　"豆……死者程洪亮有没有仇人？"赵永年问题一出口，居然想到了自己。

　　"没，没有。他人挺熊的，挨欺负都不愿意吱声。"

　　"死者程洪亮近期有没有与人发生口角？"

　　赵永年觉得这个媳妇太不了解自己丈夫了，豆包和人打架是不死不休的那种，一旦决定要干，不干出个输赢那是没个完的，黏得要命。他挨欺负不吱声，那是没触到他的底线而已。

"也没有，他嘴笨，我俩过这些年都没吵过，光听我骂他来着，他这人窝囊，能跟谁有口角哇？"

"你上次在我代表公安机关入户调查的时候说起过你们买了房子，是否因购房与任何人或任何机构产生过或明或暗的纠纷？"赵永年突然想到，买房对于豆包家来说是一等一的大事，这会否有可能发现线索？

"那房子确实有纠纷，他们又打官司又告状的，但这事儿就跟俺家没关系。"豆包媳妇用手背抹了一把眼泪说。

"说说什么情况。"赵永年坐直了身子。

"我们家买了丽水新城，就在北部新城南边，老运输社那院儿，那房子便宜，挨着火车道，可不管咋说是个楼房，面积户型啥也挺好。七月份交的钱，九月份这帮业主就开闹，说二药厂在前面又盖了片车间，要污染环境了，找开发商退款。俺家豆包说，谁爱闹谁闹吧，他没那闲工夫。俺家也就没参与过业主闹的那些事儿。国庆放假，他又跑了趟红岩寺，每年他都去，年年求签供着。今年回来也没说啥，反正就有点儿蔫巴，我寻思这是没求着啥好签哪，也没深问。他有时候半夜三更睡不着觉，就一个人起来到外室抽烟琢磨事儿。11月23号，他下班后再没回来过，谁承想啊……"豆包媳妇说完又捂脸哭上了。

"你的意思是说，丽水新城的开发商和几乎所有业主都闹得很僵，只有你家没去闹是吗？"赵永年飞快思索着各种可能性。

"对，其实是程洪亮性子窝囊，总觉得闹也闹不来啥，好不容易抢的好楼层，再给闹没了不划算。"

"行吧，先问到这儿吧，弟妹你注意情绪，毕竟家里还有老头儿还有儿子，谁都不愿意发生这种悲剧，无论我和他的关系如何，警方都会全力以赴破案的。"赵永年起身安抚了一下豆包媳妇说。

"可咋整啊？我们一家老小没了他可咋活呀？"豆包媳妇一放松又开始放声大哭。

赵永年到了太平间门口，就见小赖闪着亮晶晶的眼睛看着他，其他人都在屋子里。

赵永年过去拍了拍他的肩膀，觉得作为豆包发小儿，自己有悲伤的理由，但现在作为警察，他没有悲伤的权利。

"年糕，能跟我回趟北大街吗？我有东西给你，还有事儿跟你说。"小赖咬着嘴唇上的死皮说。

"与案子有关？"

"有关，我认为。"小赖凝重地点了点头。

"走，跟我拿车。"

小赖上了车一直没说话，赵永年也没说话，车子停到了明正胡同口，小赖哆嗦着打开仙儿哥家的院门，从仓房里摸黑拿出来一条一臂长、带着把手的黑铁棍子。

"这什么？"

"枪管子。"

"谁的？"

"弹弓子的。"

"他，他死的时候我跟我爸去殡仪馆了，还随了礼呢。"

"人死了，东西没死。"

"你啥意思？"

"年糕，北大街只有一个人能自己做出来一把可以杀人的弩。"

"弹弓子做了把弩，死之前交给了别人，别人拿他的东西出来杀人了。"

"对。"小赖的嘴唇开始哆嗦，上下牙撞得乱响。

"弹弓子以前做过枪，要是他还留了把枪，这案子可就麻烦了……"赵永年一想到这种可能性，大冷天开始冒汗。

"弹弓子做东西不为钱，能拿着他东西的人不多。"小赖想了想，"也不少。"

"弹弓子人手一个。"赵永年想起自己家里还有一把弹弓子做的弹弓子呢，又准又狠，泥丸打鱼是他在干渔业稽查时的主要休闲娱乐。

"但有数。"

屋子里的肥猫看到了窗外的主人，两只爪子轮流交替挠着玻璃，发出嘎吱嘎吱的声音。

"你还知道啥？"

"你不也看出来了嘛，鬼子六和老柿子有事儿。"

"能帮我套套他的话？"赵永年想起前几天正是鬼子六建议自己请小赖回北大街帮忙调查，如果鬼子六真的涉案了，那可就是作茧自缚了。

"他那人……我试试吧。"小赖犹豫了。

"冻坏了吧，进屋吧，这几天你多上上心，帮我看看还有啥新的线索没。"

赵永年开车回家的路上，还在思考着小赖的状态和变化。这么多年，他和小赖从来没在一起办过正事儿，不知道这家伙靠谱不靠谱。

小赖是北大街最具主场优势的地头蛇这一点毫无疑问，十八岁以上的北大街人就没有不知道小赖的，只要愿意，小赖可以去推开任何一扇门攀个关系，有吃有喝，这是他们家三代人在北大街生活了七十年的积累。

从他爷爷辈儿闯关东过来就住的院子，到他爸为娶他妈从南城老砖厂捡废砖回来盖起的房子，再到小赖本人这么多年上蹿下跳合纵连横交下了整个片区的同龄人。北大街对谁来说都有可能异常凶险，因为里面有着复杂、无以名状的隐形高压线，只有在小赖眼里，这些高压线才是可视的，他是这个环境的一部分。

二十五岁之前，小赖没离开过北大街。

十几年过去了，他还能像从前一样吗？

无论如何，试一试吧，生骨头难啃，但毕竟刚才小赖帮他找到了下嘴的地方。

14

家里的灯没有亮，赵永年开灯的时候，发现郑娜正坐在客厅的沙发上，静得像块冰。

赵永年浑身血液一凉，明白了，郑娜这是已经知道了豆包的事儿了。

"你咋还不睡觉？孩子呢？"赵永年若无其事地问。

"豆包是不是死了？"郑娜侧脸问他，声音平静无比。

"啊，我刚从太平间回来，尸体被发现的时候，死亡时间十七天了。"赵永年强自作镇定地说。

"我听说那是你小时候最好的朋友，你没感情吗？"郑娜上下打量着赵永年问。

"有，但我是警察，职业不允许我在这时候感情泛滥，别说是他豆包程洪亮，现在就是你出了事，我也必须分得清轻重。"赵永年不耐烦地说。

"我想和你说个事儿。"郑娜说。

"你不用说了，我知道了。"赵永年摆了摆手，掏出一支烟。点燃。他从不在家里抽烟，桌上没烟灰缸，他从纸巾盒里抽了两张纸弹烟灰。

"你不知道。"郑娜粲然一笑，"他撅断了两根手指，这两根手指都是为了我，而我，都在现场。他在撅断第二根手指的时候，咱俩已经结婚了。"

"你的意思是说，咱俩结婚后，你俩还有联系是吧？"赵永年的手在颤抖。

"我那天去给他送照片，他突然哭了。我当时心软了，犯傻说，如果你不赌了，咱俩就跑吧，在哪儿重新开始都行。"郑娜流泪，但语气仍然十分平静。

"嗯。"赵永年狠狠地喝了一口烟。

"他说，如果我敢背叛你，他就杀了我。他说，如果我敢再找他，他会扎进你们后院的火碱沟。他说，自己不争气，一切不怨你，也不怨我，然后他就又撅断了一根手指头。"郑娜像是在回忆别人的故事。

"嗯。"赵永年又从纸巾盒里拿出两张纸递给了郑娜。

"他拿你当兄弟，他还说，我有年糕了，就不能再惦记豆包了，不然会撑死的。啊，我一直知道你外号叫年糕，可我从来没叫过，反倒一直叫他豆包豆包的，除非生气会叫他程洪亮。"郑娜擦了擦眼泪说。

"你，还没忘了他是吗？"赵永年用手指慢慢把烟掐灭，火烧火燎的疼像是没感觉一样。

"人这辈子，真想忘的事儿一定是忘不了的，我也没费劲记那些，年糕，我这些年没和你撒过谎，以前不会，现在不会，以后也不会，你问，我就会说，你不问，我也没必要提。今天想提，是因为他死了。我不爱他了，也不恨他了。我只是想你知道，我心里有过去，豆包心里有你。"

像是醉酒后断片儿的状态，赵永年只记得自己从家里夺门而出，再次清醒时，已经是第二天早晨倒在办公室的行军床上了。

在他的桌子上，麻将盒打开着，照片、签文、刀，一样一样横向排列，旁边还有一张被自己画得无比凌乱的纸。

赵永年又像昨晚一样坐到了椅子上，想复盘自己的想法，可是发现其实这一夜，除了小时候和豆包一起在北大街玩耍的场面外，居然什么想法都没有。

走廊上开始有凌乱的脚步声，队里的兄弟们开始陆续上班了，这座原本空间紧张的三层小楼完全归了刑警队，显得那么空旷，以至于有一点声音都会如此突兀。

赵永年收拾自己的行军床时，有人敲门，赵永年应了后，就见周策走了进来，对着他打了个立正，"报告，赵队，我承认错误来了。"

"你犯啥错误了？"赵永年愣了。

"我不应该在咱队里人手这么紧张的时候还跑去相亲，接到工作任务时还有些消极。"

"警察也会遇到感情和情绪问题，能意识到自己的错误就很好了，嗯，很好。"赵永年点点头，犹豫片刻，把自己心中最后一丝关于郑娜和豆包给他造成的影响抹掉了。

"谢谢赵队。"周策看了一眼桌子上的麻将盒和麻将盒旁边的一排照片、刀和签文。

"待会儿组织早会，请马队参加，我去洗漱。"

县级市的刑警队人手一向捉襟见肘，赵永年把自己组里这七八个人一列阵，发现每个人手里还都有些其他安排，北大街片区的任务就悬在当初对应周策的岗位设定上。

但手头现在这两死一伤都是大案要案，这不像普通刑事案让周策牵头联合派出所就可以干了，他必须往上顶，还要抽调人手往上顶。

赵永年还没等开口点名派兵呢，老马就一身戎装系着风纪扣推门进来了。

"马队。"赵永年看老马这么严肃，心里有点儿发毛，估计自己得挨顿收拾了。

"同志们都清楚咱们北城现在的治安情况了吧？"老马环顾了一下赵永年的兵，有点儿于心不忍，但还是板着脸问。

"清楚。"下面的刑警异口同声地回答。

"局里的领导昨天过问了一桩系列案，非常震惊，局长怒不可遏，大家知道是什么情况吗？"老马又问。

"知道，系列弓弩杀人案可以并案了。"赵永年低头摆弄着手中的笔说。

"不对，是系列弃婴案。在 21 世纪，朗朗乾坤之下，居然还有这么愚昧、令人发指的案件发生。局里已经上报到了省厅，据说厅长也非常震惊，责令限期十天内核查案犯刘桂香所有犯罪事实，查办所有弃婴家庭刑事责任人，上报检察机关追其刑责。"老马看了一眼赵永年，"这个案子将由我来牵头带队，你们北城组除组长赵永年、北大街片区刑事案件负责警员周策另有其他安排外，一律暂时由我指挥，展开专项调查。"

　　"是。"所有刑警直立应答。

　　"都坐下吧，永年，北大街这边，我恐怕帮不了你了，而且还要釜底抽薪，有困难自己解决吧，你是老刑警了，不用我再解释了吧。"老马缓和了一下气氛，过去拍了拍赵永年的肩膀说。

　　"是。"赵永年没有坐下，站得溜直。

　　"下午，我就要带队去局里那边了，趁现在有点儿空，说说你那边几个案件的情况吧，咱先头脑风暴一下，看看能不能寻找到一些突破口。"老马坐下，示意赵永年也可以坐下。

　　"那我先汇总通报一下目前我手头的案件情况吧，我建议，将祁勇和程洪亮被杀案并案处理，理由是他们都死于同一把自制弓弩，而且死亡时间接近，符合并案条件……"赵永年仍然没有坐下，他知道，现在打地鼠游戏已经启动，稍有偏差，就有可能落下空槌，给案犯得以喘息的时间，造成重大影响。

　　一上午的汇报，让缺少睡眠的赵永年有点儿头昏脑涨，走出会议室，老马又把他拉到自己办公室倒了杯茶："永年，挺得住吧。"

"挺不住也得挺啊。"赵永年苦笑。

"我觉得你刚刚有些话没说透，有些部分不具备说服力。昨天发现的死者程洪亮藏起来那几张照片和那两样东西，真的很难和他的被杀扯上关系吗？"

"真的，很难扯上关系。照片只是程洪亮和前女友的合影，那把刀是他小时候的玩具，签文是他迷信不知何时在邻省的红岩寺求来的，这个麻将盒指不定放他家棚上多长时间了呢。"赵永年摇摇头。

"前女友还这么牵肠挂肚地放自己额前三尺，会不会有啥感情纠纷，这也是个很大的犯罪动机，这个方向你考虑过没？"

"这个不用考虑，他的情敌只有一个。是我，赵永年。"赵永年咬咬牙，还是对领导交了底。

"这个……"老马不知道怎么接话了。

"程洪亮的前女友，是我爱人郑娜，这个事儿我也是前几天才知道的，郑娜没有作案时间，我可以做她的时间证人。"

"永年，太突然了，这个，太突然了。"老马坐在办公椅上，用说不上是怜惜还是怜悯的目光看着赵永年。

"没事儿，我是刑警，我知道自己的工作和生活需要如何切割。程洪亮是我的少年玩伴，我们两家是邻居，包括取证都是我以私人身份去的，发现情况后才切换到工作状态。咱洮北市小，北大街更小，我们这个年龄段的，都是一起长大的玩伴，起点一致，只是后来命运和选择导致各自走上了不同的路。"

"你说之前那个和他一起玩刀的，叫小赖是吧？他昨晚还给你提供了一个枪械零部件，和一些待确认的信息，这个人到底干吗的？"

"他目前无业，家庭条件不错，在北大街是土生土长的地头蛇，十多年前出去闯荡，一年前回到了洮北市。"

"我怎么看他像根搅屎棍？永年，我知道咱人手紧，你也急，但和这些地痞流氓打交道，你一定要慎重，千万莫让人给利用了。"老马语重心长地说。

"我会调查他的，而且对他提供的信息，都会慎重确认，北大街的案子现在都是生骨头，先得找个下嘴的地方。"

"不用试图说服我，永年，咱们在一起搭班子，是绝对互信的战友，我只是提醒你，慎重，特别是用人，人心太复杂了。"

"明白。"

15

　　彪子出钱包下了殡仪馆的几间家属休息室，北大街和豆包家有人情往来的都到场了，亲戚朋友和关系近一些的就凑在一起玩牌，仙儿哥回家的时候都已经是凌晨了，输光了身上的钱才回去睡觉。

　　第二天上午小赖和鬼子六到休息室一看，仙儿哥又坐上了赌桌。

　　"你咋就没心呢？"鬼子六踹了他一脚。

　　"豆包最爱打牌，我坐上牌桌，就是为了纪念他。"仙儿哥叼烟摸牌。

　　小赖四处和人打招呼，都是朋友，有些是发小儿，有些是社会上的朋友，和他都有过或近或远的往来。自从小赖昨晚答应要帮年糕打听情况，就开始带着想法审视每一个人。

　　宋奇来的时候，还是穿着昨天的那一身，只是脸上没有化妆，显得有些苍白。她先找到豆包媳妇，随了个礼，看小赖他们在这屋子里，就也走了过来。

　　"啥时候知道信儿的？"小赖抽动了两下鼻子问宋奇。

"昨晚上就知道了，我哥没的那几天，豆包哥一直在，帮着忙前忙后的，我得过来走个人情。"

"嗯。"

"他今年多大岁数？"

"四十整。"

"我哥没的时候三十七。"

"天灾人祸呀，我们都是奔下半程走的人了。"小赖看到彪子也走了进来。

彪子见到宋奇后，两个人相互点了点头，表情肃穆，谁也没说话。

"哥，你们待着吧，我得走了，下午还有班呢。"宋奇手插在羽绒大衣口袋里，环视了一下屋子里的人就走了出去。

"明天火化的事儿安排完了？"小赖没送宋奇，转头问彪子。

"安排完了，我得抓紧去看个地儿，年底前想再开个药店，这几天正选址呢。"

"嗯，开车慢点儿。"小赖眨巴眨巴眼睛说。

彪子是北大街人精，从小就特务实，别的孩子赢来的玩具被随意处置不知所踪时，他都攒下来给卖了出去。

彪子年轻时长得帅，人也时尚，在穿着打扮上明显与同伴有所区别，再加上会理财能算计，在北大街那拨儿孩子里，玉树临风的彪子显得鹤立鸡群。

谁都没想到，最招女孩子喜欢的他会在二十岁那年突然结婚，新娘董子琳是他的高中同学，岳父时任洮北市公安局刑警队队长，这高枝攀得人人艳羡，哪怕董子琳五短身材、一身肥肉。

正当大伙儿都在背后指指点点众说纷纭之时，彪子已经从一个做沙发的小工成了一间小型皮装厂的老板了。

彪子高中毕业后没考上大学，其后几年就跟着师傅学做真皮沙发，对皮具着实下了一番功夫。那会儿洮北市的有钱人流行穿皮草，彪子抓住商业机会成功转型。在小赖还骑个破摩托车倒腾二手手机的时候，彪子就已经开上了帕萨特，成了人生赢家。

接下来的数年间，他不断扩张生意版图，入股风头正劲的一家酒厂，又控股二药厂，并且开设了区域连锁性质的洮北大药房，一边发伤身财，一边发救命财，两头见利，现在洮北市整个北城，没人不知道彪子是个超级大富豪。

彪子到底有多少身家很难想象，可小赖知道，彪子第一次想请董子琳吃饭的时候，浑身上下就三十六块七，还是小赖和老柿子把他俩口袋里凑出来的五十多块钱给了他，让这小子享受了一次当年堪称奢侈的烛光晚餐。

老柿子开玩笑说："小赖，要是你也想攀高枝追求董子琳的话，估计彪子没戏，别看他长得帅，但在泡妞这方面，你比他套路深。"

当时小赖刚开始和田晶谈恋爱，给他全世界他都不肯看一眼，他回答老柿子的原话是："我喜欢开花，他喜欢结果。"

　　田晶的父亲田瘸子和小赖他爸都在杂货市场摆摊，小赖他们家卖窗帘床单，田晶他爸卖内衣针织。他们这一对，可以算是市井里面的青梅竹马了，不念书后，也都去了杂货市场卖货，正儿八经的门当户对。

　　那一年田晶十八岁，像一朵含苞待放的花。

16

周策领到的任务是把自己的主攻方向往贠庆生遇袭案上转移，弓弩系列杀人案已经并案处理，赵永年去找线索了。

周策开车往市医院走，他得先看看医院这边老柿子的伤情，再和家属正面沟通一下他的经济异常情况。

周策心里还是有方向的，他觉得，老柿子的伤，一定与经济异常密不可分。就凭他个开小货车的，每个月消费数万，还有人来给他堵窟窿，这太不可思议了。

咋花出去的？咋挣回来的？搞明白这俩事儿，案子就迎刃而解了，自己的牙口，啃这块生骨头没问题。

在距离医院一个路口的地方，周策与一辆疾驰的银色 SUV 擦身而过。正当他想骂几句的时候，抬头看到了一个熟悉的身影，那个昨天穿白色羽绒大衣的姑娘正在寒风中等车，周策一脚刹车就停在了她面前："宋奇同志，你好。"

"你好。"宋奇看到周策开的警车，怯生生地退了两步。

"去哪儿，我送你吧。"

"哦，不用了，我打个车回单位。"

"你不在检察院上班吗？我正好回趟局里，顺路，咱们是兄弟单位，现在离得更近了。"周策说的是新公安局大楼和新检察院大楼，这俩建筑在北部新城和洮北市人民法院呈品字形排列，在它们身前是新的市政大厅。

"那，好吧。"宋奇犹豫了一下，打开车门坐在了副驾驶位上。

"我在公安局刑警队负责北大街片区，据说你也是北大街人？"看到上了车的宋奇一直不说话，周策轻咳一声打破了沉默。

"嗯。"

"唉，你们北大街最近有几个案子，搞得我们焦头烂额，不过没关系，刑警就是干这个的，等圆满完成任务，我请你吃西餐好不？"周策小心翼翼地问。

"那个，再说吧。"

"哦，我明白了。没关系，交朋友是双向选择，我不是死缠烂打那种人，我就是觉得，你挺好的。你……你没看上我也正常，就算处不成对象也能当朋友，不能当朋友也是熟人，都在公检法系统，你知道我叫啥我知道你叫啥，也不算陌生人了，是吧？"周策语无伦次地故作潇洒，换来了车里一段更尴尬的沉默。

"你挺好的，可能，就是我的问题吧。"宋奇终于打破了沉默，眼神迷离地看着前方说。

"哎呀，都没问题，总之，啥时候你心情好了，又想找个人埋单，直接微信我，不保证随叫随到哈，毕竟工作特殊。"

周策嘿嘿一笑。

"那什么……我到了，你忙你的去吧。"

周策停车，和宋奇挥手告别，暗想，洮北市地界本来就没多大，非要建设一个北部新城，要建设就快点儿建设嘛，现在就戳着这几幢职能部门建筑，一脚油门绕一圈，想拖时间都没借口。

看着宋奇踩着检察院那上山般的台阶走到高处进了楼里，周策才猛打方向盘，往医院方向加速度。

赵永年从档案库里把弹弓子宋奎的文件调出来后，发现了一个惊人的突破点。

宋奎之所以在 1997 年被捕，是因为他造的枪打响了，打响这一枪的人正是祁勇，而中枪者是当年和祁勇争夺北城老大位置的邹凯。

这个发现让赵永年浑身汗毛都立起来了，不难想象，宋奎会有多恨祁勇，因为对他来说造枪只是一种本能，落在了祁勇这样的职业流氓手中，才成了致命的凶器。

赵永年把两个人当初的涉枪案叠加审视，祁勇在 1997 年春天，不但抢夺了宋奎制造的一把仿制式手枪以及五发子弹，还把他给暴打了一通，勒令他继续给自己制造武器。可是没想到，在祁勇拿到枪的第二个月，就带人和邹凯一伙儿发生了群殴性质的冲突。

冲突当中，祁勇拔枪便射，共击发三发子弹，其中两枪都打中邹凯，特别是心脏所中的那一枪，直接导致其当场死亡。

案发后，洮北市刑警队迅速出警，将返回家中企图取款逃逸的祁勇当场捕获，并收缴了他的枪械。现场突审第一轮，祁勇就交代了枪械来源。

刑警马不停蹄找到了当时正在洮北市老市医院门口某移动铁皮房中修表的宋奎，刚一亮证件，宋奎一时慌乱居然拔腿便跑，刑警鸣枪警告无效后，果断射击，一枪正中宋奎腰腹部。

幸好离医院近，经抢救诊治后，进入调查审判程序，因制造枪械罪被判处有期徒刑十二年，因在狱中表现良好，十年后得以获释。

宋奎死于 2015 年年底，而祁勇是 2016 年年底才走出监狱，两个人后来没在社会上相遇过。

能不能是宋奎一直在等祁勇出狱寻仇，在等不到的情况下，将其制造的准备杀死祁勇的凶器交托给了后来的凶手？

谁能得到他临死寻仇的信任呢？拿了他的东西就帮他杀人，这个代价未免太大了。

如果是亲人的话，弹弓子除了腿脚不好的老妈，只有一个他死时刚刚走出大学校园的小妹妹宋奇，这个可以列入调查范围之一。正如早前周策所说，弓弩是个机械化武器，凶手并不一定需要什么武力值。

如果是朋友的话，那一定不能是普通朋友哇，必须是死党之中的死党。作为曾经在一起玩儿过的发小儿，赵永年能想到的弹弓子的死党，最铁的就是北大街那几个：小赖、老柿子、鬼子六、仙儿哥、彪子、二倭瓜。

他们倒真都是手黑心狠之人。可在这个岁数还能为哥们儿践行两肋插刀的诺言，他们是这样的人吗？

就算他们真是这样的人，豆包虽然不是同一个胡同里出来的，毕竟也是打架上阵没拆过伙的老铁呀，弹弓子和他可没仇儿，据赵永年所知，两个人好着呢。

这时，赵永年又想起了老马的话，小赖到底是干吗的？为什么去年祁勇出来，今年他就回来了？难道真是巧合吗？

小赖的表现确实很悲伤，谁知道他这么多年出去是不是学足了表演功夫？

还有鬼子六，他藏了什么小九九？连小赖都看出来这小子和老柿子之间有事儿，他与另外两桩案子有没有关系呢？

仙儿哥嫌疑倒是最小的，因为他最不靠谱，从小到大，仙儿哥都是个活宝，有一回打群架，仙儿哥后背让人砍了一菜刀，原地盘膝坐下了，赵永年拽着他和别人抢着棍子拼命，仙儿哥却说："你等我先运功疗伤，再和你并肩作战。"

这么个人，弹弓子敢信他？

彪子现在有钱有势，真想弄祁勇的话，根本不用行杀人的险着儿，如果彪子跟祁勇较劲，以他的性格，他能玩得祁勇生不如死，后悔走出监狱的大门。

二倭瓜就更不可能了，他当年是祁勇小弟，祁勇进去后好久，二倭瓜还没自立门户之前，顶的就是这块牌子。虽然祁勇出来后过气了，但二倭瓜每次见了他当面都叫大哥，私底下尊重不尊重就是另一码事儿了，干死落魄大哥，在他们的社会圈子里，不讲究。

不行，弹弓子线索一出来，线头一下子多了起来，得用用排除法，先调查亲人，再挨个排朋友。

既然豆包和弹弓子没仇，那么谁和豆包有仇呢？这个也需要思考一下。

豆包哇豆包，你可真是拿生命在给我添乱哪，爱恨就不谈了，等把案子结了，非给你烧副缺牌的麻将恶心恶心你。

想到这里，赵永年关闭电脑上的档案，起身找衣服，准备再进北大街。

17

赵永年到宋家门前敲敲门后，自己突然有种奇怪的感觉，就像有人在盯着自己一样，向上一仰头，才发现，在老宋家的铁门上方，有一个小摄像头，这可是北大街的稀罕物。

不但这个稀罕，宋家进门的程序也稀罕，老太太自己在家的时候，得经过和宋奇的远程来人确认，才能开门。

宋奇和赵永年不太熟，毕竟赵永年离家的时候，她还没怎么记事儿呢，但也知道这个人，因为弹弓子去世时，赵永年来了，就把门开了。

宋婶见到年糕很高兴，拉着他的手上下打量，这小子家教严，和其他散养的坏种不一样，从小到大，见了谁家大人都特有规矩，帮忙干活也不偷奸耍滑，经常是年糕累得满头大汗，坏种们又去招猫惹狗了。

"年糕哇，还在当警察呢？爸妈都挺好吧？"

"挺好，对，我还在刑警队里呢。"

赵永年笑着点头，左右打量着这个弹弓子曾经住过、也是他工作空间的小屋子，暗暗地想，杀人的凶器是否在另一个平行时空中就诞生于自己的眼前？

"头两天小赖还来了呢，你们这些孩子也真挺有心的，弹弓子没好几年了，你们还想着我。"

"应该的宋婶，我正好到这边办事儿，就过来瞅瞅。"赵永年有些汗颜，自己毕竟还是来办案，不是专程探望。

"能瞅瞅我这就是有心啊，嗯，弹弓子没白交人。"

"宋婶，弹弓子活着时候，后来又做啥惹祸的东西没？"

"我不知道哇，他出来后就不愿意吱声了，谁也不知道他在琢磨啥，动不动就把自己关屋子里，好几天好几天不出来，我腿脚不好，就小奇给他做饭送饭，要不然，他都想不起来吃饭。"

"嗯。"赵永年转了转眼珠子，觉得直问不如侧问，打探一下宋奇的情况，"小奇搞对象没呢？"

"昨儿出去相亲了，回来也没个笑模样，八成是没成，咱可不敢问。"宋婶想了想，"对了，我听介绍人说，也是你们公安局刑警队的，好像姓周。"

"什么？"赵永年一哆嗦，这个震撼不亚于当时发现弹弓子和祁勇案有关联的程度。

"咋的？你认识了？"

"刑警队好几个姓周的小伙儿呢，我也不知道是哪个呀，回队里帮问问吧。"赵永年赶紧低头翻烟，给也抽烟的老太太递上了一支，"小奇在检察院上班是吧？啥时候考上公务员的？"

"这不还没考上呢嘛，暂时还是个事业编。就安置在接访那屋了，不算太忙，有工夫学习。这孩子脑袋好使是好使，可一到考试的时

112

候就紧张，考两年都没考上公务员，过年说还得接着考。"

"哎呀，甭管咋说，检察院都是个体面工作，我早听说小奇这孩子又聪明又上进，谁提谁挑大拇哥。"

"那倒是，就是和他哥有一点一样，偏，一根筋，当时人家大学让她留校都不干，死活非回这北大街。这可不是啥好地方啊，咱知根知底能不知道吗？要不是因为小奇，我早去白城跟我弟弟住了。唉，说动迁也没准信儿呢。"

"快了，说是过年就真得动了，到时候都搬楼上就妥了。"赵永年站起来从口袋里掏出早准备好的现金，"宋婶，我走了，钱你收着，有啥事儿，告诉我妹给我打电话。"

"这孩子来还扔啥钱哪？"宋婶刚要起来，又被赵永年给扶着按坐下来。

赵永年出去走到了大门口，又回头看了看摄像头，这个镶在上方门框里的摄像头极其隐蔽，要不是他这种警惕性特别高的老警察，还真挺难发现的。

赵永年边走边掏出电话，打通后直接说："你在哪儿？"

"报告赵队，我还在医院呢，刚和家属唠完，一听说她家老爷们儿欠十多万块钱，这女的吓坏了，但又说伤者在五天前给过她两万。"周策回答。

"等我。"

在检察院空空荡荡的接访室里，宋奇摘下耳机，愣愣地看着手机上偶尔跳动的声波信号，陷入了沉思。

18

　　赵永年到了楼上见韩小梅还坐在门外抹眼泪，周策一脸严肃地看着她，审视着这个女人是否在说谎。

　　"赵队，我们家大钱都归老柿子管，我也没听说过他欠钱哪，怎么可能欠十多万呢？"

　　"你先别急，通过我们在银行的调查，他确实在遇袭之前有过大笔波动的经济动态，我听说还给过你两万是吧？"

　　"好几个月没往家交钱了，就不到一周，五天前，往家扔了两万，给我的时候，也没说咋来的。我寻思就是人家之前欠他的，一次性还给他了呢。"

　　"这钱来历不明。"周策说。

　　"钱的事情，可能会与案子有关，也可能与案子无关，毕竟他现在这情况，还不能接受询问，我们也是在多方从侧面调查。"赵永年对周策摆了摆手，示意他别再说话了。

　　"那他到底能醒不？要是个植物人，我家也养不起呀。"韩小梅把眼泪抹在手背上说。

　　"你先回去吧，要是可以让家属介入了，我们会第一时间通知你。"

赵永年看着韩小梅几乎是腿软着走向了走廊尽头，眉头紧锁，若有所思，旁边的周策知道领导在思考，也没打扰，顺势就要坐下，赵永年清了清嗓子说："你跟我来一趟警务工作室。"

周策跟在赵永年后面，走进警务工作室后，把门关上，一抬头，赵永年正盯着他的眉宇看，看得他心里直发毛。

"我知道了赵队，我会控制情绪的。用怀柔的手段和伤者家属沟通。"想到刚才那一幕，周策觉得自己情绪不对，而且多嘴插话了，连忙承认错误。

"二十几？"赵永年的表情缓和下来，像谈心一样示意周策和他并肩坐下。

"二十七，咋了周队？"

"你还没跟我说你昨儿相亲咋样呢？"赵永年掏出一支烟，想到这是医院，又把烟塞进了烟盒，烟盒太满，一用力，塞断了。

"那个，还行吧。"周策挠了挠脑袋说。

"咱们干刑警的呀，要么就早婚，要么就晚婚，你可得紧着点儿，快刀斩乱麻，能定就定，别到最后成了需要组织关心的老大难。"赵永年把那支断烟扔进了垃圾桶笑着说。

"其实我也挺急的，我和我妈都说了，真挺急的，你说咱这条件。除了工作有点儿特殊，但那也是为保一方平安吧……"

"你的个人条件肯定没毛病，我问你人家姑娘咋样啊？"

"挺好看的，嘿。"周策咧嘴一笑。

"说说，正好我也换换脑子，这两天扎这几个案子里搞得脑袋转数太快，都要跑偏了。"

"其实我俩也没咋聊，就是一见钟情，我就觉得她呀，好看，而且说话的声音听上去让人特舒服。昨天就见了个面，我就奔乱葬岗子了，不过，算是认识了吧。刚才来的时候，巧了，还在门口遇上了，又唠了几句。"周策还是隐瞒了自己送了趟宋奇的事实。

"那这算是成了还没成啊？"

"八字还没一撇呢，要成了，我请你喝酒。"

"先把案子破了吧，破了，不用你请，我请全队喝大酒。"赵永年眯着眼睛笑着说。

赵永年匆忙走后，周策又跟医院的医生们开了一个伤情分析会，老柿子贠庆生的伤情已经趋于稳定，醒来是迟早的事情，只不过醒来后，神志是否清醒，颅内损伤会不会导致其他不可预见的后果，这谁都不能保证。

几个主任医师在分别发言，周策的心思还是飘在那个美丽的姑娘身上，他觉得宋奇有一种与整个洮北市大环境格格不入的气质，高雅清丽，让人难以忘怀。

"是不是我今天的表白有点儿太唐突了？我们干刑警的，难免性子有些急。其实，我不介意咱们重新认识，慢慢接触的。"周策趁着会议室没人关注他的时候，发了个微信给宋奇。

宋奇那边根本没有回信息。

黄昏，宋奇在仙儿哥家门前看到了田晶，两个女人视线交错的时候，小赖打开了院门。

"你咋来了呢？"小赖冲宋奇点了点头，话却在问田晶。

"还不是因为郑娜，听说两口子闹矛盾了，我寻思让你劝劝那谁呢。"田晶话在回答小赖，目光却仍在往胡同里走的宋奇身上。

"进来吧，仙儿又去打麻将了。"小赖一闪身把田晶让进了院子。

"那小姑娘挺好看，瞅你的眼神儿可有点儿不对劲儿。"田晶怼了小赖一下。

"你看谁都觉得对我有意思。"

宋奇在拐弯的时候，又扭头看了一眼仙儿哥家已经关上了的院门。

"这屋这味儿，你俩还能不能活得起了？"田晶一进屋就跑到了院子里。

"挺好哇，我们仨都觉得挺好。"小赖从屋子里抱了只大肥猫出来。

"哎呀，有猫，仙儿行啊，看不出来，还养猫呢。"田晶一把把猫从小赖怀里抢了过来，那猫居然抬头舔了舔田晶的下巴，"哈哈，好痒。"

"谁你都敢欺负，田老板什么身份？"小赖打了肥猫屁股一下。

"你叫什么名字呀？"

"小赖。"

"我问你了吗？这猫叫啥？你养的？"

"嗯，没叫啥，就叫猫。"小赖眨巴眨巴眼睛。

"你咋圆圆滚滚的，就叫圆圆吧。"田晶没注意到他的表情，仍然在低头看猫。

"你不叫我声'帅帅'啊？"

"不要脸。"田晶说着说着跟着小赖进了屋，仿佛也就忘了这猪窝还是那股难闻的味道了。

"年糕的家事儿我没法劝，人家是警察，这家事儿都涉案了，我没法儿多嘴。"

"昨晚上两个人吵了一架，之后赵永年就没再回家，郑娜在家哭一宿。孩子眼瞅上高中了，啥事儿不懂啊？自己跑到店里去找我这个当姨的，再这么整下去，这家不就完了吗？你是赵永年哥们儿，我是郑娜姐们儿，咱不帮着劝，谁能帮着劝哪？"

"多余，以前豆包他俩吵架，你也让我帮着劝，现在年糕他俩吵架，你还让我帮着劝。你倒好，光伺候一个人，我劝的这俩哥们儿都死偏，一个比一个不好说话。"

"咋能一样呢？豆包那时候不学好，郑娜才跟他吵架。现在她和赵永年是老夫老妻了，不能因为以前那些陈谷子烂芝麻的事儿把家给拆了呀，这都过去多少年了。"

"是呀，这都过去多少年了。"小赖想了想，低头说。

屋子里突然沉默了，两个人都低下头没再说话，刚刚有了名字的大肥猫扑在田晶肩膀上，用爪子轻轻拨弄着她的头发。

"我走了，你能说就说说，让赵永年回家。家事就在家里解决，往外跑不回家算什么爷们儿？"田晶抱着圆圆往外走说。

"哎，你把猫给我放下呀。"小赖追了出去。

"归我了，我的。"田晶到大门口躲开让小赖给自己开门。

"头回见有人抢猫的。"小赖按了一下圆圆的脑袋，这猫还往田晶怀里缩了一下，"见色忘义，你个白眼狼。"

"刚才那小姑娘，恨你！"田晶看了一眼之前宋奇消失的胡同深处说。

"少胡说八道，我和他哥混社会的时候，她还在地上爬呢。"小赖把大门打开说。

"你呀，又奸又滑又聪明，就是看女的总是心里没数，我不管你了，我走了。"田晶抱着肥猫圆圆，向胡同口停车的地方走去。

猫走了，小赖心里没着没落地看着猫窝和猫砂，他知道田晶会把猫照顾得比他养时还要好。但这猫是他与城市过往唯一的牵连，从小没离开过小赖身边，田晶就这样把它带走了，小赖奇怪自己怎么会允许田晶就这样把它带走了。

夜晚，小赖的手机上收到了一条宋奇发过来的微信："小赖哥，今儿那个姐姐是你家嫂子吗？"

"是。"小赖想了一分钟，回了一个字。

19

赵永年又没回家睡，在队里翻了半宿资料，脑海里多个线头的轻重缓急已经开始有序排列了，入睡还挺容易，所以一大早精神十足地赶往殡仪馆。

豆包的尸体就要火化了，赵永年想看看参与这场葬礼的人的反应，豆包和祁勇不一样，祁勇出监狱才一年就被杀了，而豆包可是在北大街生生活足四十年。

洮北市红白喜事都讲究个排场，越穷就越要面子，几乎每一桩红事白事，在北大街都会成为一个阶段的谈资。

豆包是头炉，这在当地每天都要排队火化的殡仪馆算是有面子了。多亏了手眼通天的彪子，凭他在社会上的资源抢来了一个面子。

赵永年看着殡仪馆的人越来越多，依然是北大街的人多，除此之外，还有豆包的亲戚和同事，赵永年穿着便装，靠在离豆包媳妇不远处的一个角落里，审视着每一个与其接触的人，看着他们随出一笔笔份子，再融入其他人中间。

小赖来的时候看到了赵永年，主动走了过来。

"有啥新的情况吗？"

"没有，要是知道啥新情况，我会告诉你。你是警察，又是哥们儿，办的也是有利社会帮朋友报仇的事儿，于情于理我都会非常配合。"

"小赖，其实我挺烦前几天第一次见到的你，三棒子打不出一个屁那个德行，感觉那不是你。"赵永年深深地看了小赖一眼说。

"我又没犯法，想啥样就啥样。你看着顺不顺眼，我不在乎。"小赖咧嘴一笑，梨窝出来了。

郑娜的身影一出现，两个人的笑容瞬间消失了。在郑娜身边，还有田晶。

"我出去转转。"赵永年走出殡仪馆的送殡接待室。

郑娜和田晶都看到赵永年低头走出去了，田晶给小赖使了个眼神，小赖耸耸肩，动也不动，田晶恶狠狠地瞪了他一眼。

在家人的哭号和朋友的泪目中，豆包的肉身化作一缕青烟从这个世界离开了。

一切丧事程序完毕，按照洮北市的民间白事惯例，要去饭店吃一顿宴席。

郑娜在饭店门口看到赵永年的时候，他就站在窗外抽烟，两口子并肩站在了一起，田晶刚想凑过去就被小赖拉进了屋子。

"回家睡去吧。"郑娜抽动了一下鼻子说。

"这不得破案吗？"赵永年把烟头扔在脚下踩了踩说。

"该破案破案，该休息休息，你也不是铁打的，不年轻了。"

"啊。"

"孩子先在他爷爷奶奶那儿待几天，你全力忙你的工作，啥时候回家都有热乎饭舒服床，啥时候想走你也有衣服换。"

"啊。"

"我回家了，不在这儿吃，你白天几点半夜几点回去都行。"

"啊。"

"我等你。"郑娜说完就转身去打车了。

田晶看到这一幕正想拿车钥匙去送她，又被小赖拉住了，她踹了小赖一脚，却见小赖正一脸坏笑，田晶明白了，他肯定看出了点儿什么，小赖琢磨别人的时候，无比通透，就自己事儿想不明白。

"彪子咋没来吃饭呢？"赵永年目送自己媳妇上了一辆出租车后，突然转头问小赖。

"不知道哇，他早上安排完炼人炉的事儿就走了。"

"做好事不留名，这不是他套路啊。给彪子打电话，问他在哪儿。"赵永年转头看了一眼屋子里已经开始推杯换盏的发小儿对小赖说。

"彪子，都开饭了，你人呢？"小赖想都没想就打通了彪子电话。

"光明街药店盯个新店装修，你们吃你们的。"

"我还以为你跟豆包一起钻炉子里了呢。"小赖发出嘿嘿

122

的声音，脸上一点儿笑意都没有。

"我体格大，钻不进去呀，你瘦，你行，哈哈。"

"豆包他们家老爷子说了好几遍，要感谢你，你这一跑，好话我都帮你笑纳了。"

"这算啥事儿，给兄弟出最后一把力。"

小赖挂上电话后，凑近了赵永年，俩人对视，像是在琢磨如何向对方开口，但一分钟过去了，谁都没开口。

"咳，我回家了哈，得给圆圆再买点儿玩具去。"田晶看他俩的样子就知道有正事儿，不敢打扰。

"去吧，开车注意。"小赖转头冲她一笑。

"你也注意点儿。"田晶过来给他拉上羽绒服，拍了拍他的胸就转身走了。

"圆圆是谁？"赵永年皱眉问。

"我儿子。"

"你一会儿干吗去？"

"扒鬼子六皮去。"

"你真能把他给扒了？"赵永年难以置信地说。

"我一个人费劲，有人帮我。"

"仙儿？你指望他？他疯起来自己皮都扒。"

"你就等信儿吧。"小赖拍了拍赵永年的胳膊，然后就走进饭店屋子里，开始给仙儿哥倒酒。

"我衣服呢？我裤子呢？我手机呢？"鬼子六光着身子暴

跳如雷，背部一条长长的刀疤赤红赤红。

"东西呢？"笑眯眯的仙儿哥坐在洗浴中心更衣处指着鬼子六那个被打开的箱柜问。

"这个，这个……"服务员吓得浑身发抖。

"你解决不了，抓紧把你老板找来。"小赖用在里面举了半天已经发麻的伤手肘部撞了一下服务员说。

"哥儿几个，什么情况？"剃了个光头的老板过来，仨人一看都认识，也是北大街老混混，外号五阎王。

"五哥，麻烦你自个儿瞅瞅啥情况呗。"仙儿哥站起来说。

"洗完出来东西就没了。"鬼子六说。

"这咋整的？从来没发生过这情况啊。赖我们，赖我们。都缺啥少啥了？五哥赔，五哥保证赔。"五阎王是老江湖，知道理亏，他看着这几个家伙从小在一起惹祸，都不是什么善茬儿，赶紧表态解决。

"衣服，裤子，手机。"

"还瞅啥？把你衣服裤子扒下来，赶紧给你六哥换上啊。"五阎王上去踢了服务员屁股一脚，后者连忙开始脱。

"打孩子干啥？五哥你也这么大岁数了，消消气儿。"小赖说。

"咱这地方也装不了摄像头哇，都光着呢，没法儿监控，这可是头回丢东西。"五阎王拍着自己光头的后脑勺，"谁偷浴池呀？"

"钎子来了吧？"仙儿哥醉醺醺地笑着说。

"行了行了。"小赖看鬼子六换上了一身服务员衣服还挺合身，乐了，"明儿我陪你买身新衣服去。"

"五哥，这也就是你开的，真的，我鬼子六头回这么砢碜。"

"不管咋说，五哥给你赔不是。"

临走的时候，五阎王给了鬼子六一件羽绒服和两千块钱，三个人出了以前毛纺厂老浴池改建的浪淘沙洗浴中心，上了车仙儿哥就笑："你那一身行头，值八百块钱是一大关哪。"

"手机呢？我才用一年多。"

"别闹，你那手机二百块钱都没人收，想发语音都按不住屏幕，给钎子钎子都不要你信不信？"

"困死了，回家睡觉。"小赖打了个哈欠。

20

　　鬼子六一大早把小赖放在了美姿内衣商城，带着一脸暧昧的笑容就去单位报到了。小赖看着鬼子六的城管执勤车消失，比鬼子六笑得还开心。

　　"你憋啥坏呢？"田晶一看小赖这德行，就知道他没安什么好心。

　　"肥猫待得开心不？"

　　"人家现在叫圆圆，可开心了，这么多小姐姐陪它玩，你个臭老爷们儿，整天把它关在比你还臭的屋子里，都给猫整抑郁了。"

　　"开心就好。"

　　"你不上楼看看它呀？"

　　"等会儿，我等个人儿。"小赖正说着，只见钎子推门进来了，仍然是缩脖端腔的样子，灰白的头发凌乱不堪。

　　"给你。"钎子过来递给小赖一个小包包。

　　"你拿他衣服干啥？非得让他光着呀？"

　　"嘿。"钎子点点头。

"你呀。"小赖无奈地摇摇头。

"走了。"钎子说完就推门走了出去。

从钎子进来到他走，田晶都在盯着他看，但钎子连眼睛都没抬起来。等他消失在门口，田晶才怼了小赖一下："他啥人你不知道哇？"

"好人。"

"他要是好人，满街就没坏人了。"

"在洮北市，别看我跟谁都是朋友，真能百分之百信任到相互舍命的，不超过三个人，其中一个，就是钎子。"小赖用无比认真的语气看着田晶的眼睛说。

"还有谁？"

"老柿子。"

"那还有一个呢？"

"我还得上楼用电脑，这个密码我猜不出来。"小赖摆弄着手机就往楼上走。

田晶没拦他，还在思考第三个人是谁。小赖这人说话不着调，但他一旦认真起来，就完全变了个人。

田晶认识钎子，以前她和小赖一起在杂货市场卖货的时候，钎子整天在那边晃悠，就和现在一样，缩脖端腔，鬼鬼祟祟，那里人多，钎子偷东西的机会也多，但他从来不去小赖的摊位那里转悠。小赖说他在给自己留面子，再问，小赖就不说了。

那会儿他俩也不在一起玩儿，小赖呼朋唤友从来不叫钎子，钎子独来独往也从来不见和谁走动。田晶只知道他们小学同学过，小赖帮钎子打过架，但小赖帮谁都打过架，却没看哪个和他走得这么远的关系还这么好。

田晶上楼的时候，就见小赖坐在电脑前把连着数据线的手机拿在手中眉头紧锁，圆圆趴在他的大腿上，懒洋洋地打着呼噜。

"出啥事儿了？"

"没啥。"小赖痛苦地摇了摇头。

"谁的手机？"

"鬼子六的。"

"你，你是不是让钎子弄来的？"

"嗯。"

"你让钎子偷你哥们儿的东西？"

"鬼子六有事儿不说，他和老柿子有事儿。"

"有啥事儿？"

小赖把手机给田晶看，只见已经解锁的手机停留在一个视频直播软件上，小赖翻动着演示，在直播软件的消费记录上，显示着鬼子六呈递减形式的打赏历史。买卖人算账快，田晶扫一眼就发现鬼子六打赏出去近两万块钱。

"这，咋回事儿？"

"年糕之前说，老柿子欠了人家十多万，谁也不知道咋欠的，现在我知道了，他一定和鬼子六一样玩这个呢。"小赖说，"老柿子不像鬼子六那么精，遇上坑还知道躲，这俩月鬼子六基本就没啥消费了，看样子是玩腻了，老柿子掉坑里去了。"

"这啥脑子呀？看这玩意儿还打赏啥呀？白看不行吗？"田晶不可思议地说。

"行，但，他们心理有问题，不只是他俩，北大街这帮小子多少心理都有点儿问题。"

"啥问题？"

"我们小时候，父母都不咋管，都是散养的，平时到处乱跑，饿了吃困了睡，惹祸就挨揍。没人瞧得起我们，存在感那不是一般的低，你看平时一个个挺傲，其实谁要是关心我们关注我们，甚至高看一眼赏根烟，心里都乐开了花儿。"小赖翻动着手机用低沉的声音说，"鬼子六和老柿子肯定在这上面天天被人捧着，一激动开始装大款砸钱了。"

"你存在感也低？"田晶摸了摸小赖的头。

"嗯，我也一样，都一样。那边儿家家户户糊口都难，下岗的下岗，做买卖的做买卖，这伙人关系好，就因为必须抱团取暖，走单帮更没人搭理了。"

"嗯，你要这么说，钎子也挺可怜的。"

"钎子是可怜，唉，他的事儿，一言难尽。"小赖犹豫着把手机屏幕关闭说，"你说我该不该把这事儿告诉年糕？"

"必须告诉他呀，你可不能糊涂哇，现在北大街那么乱，郑娜说他正在焦头烂额地查案子，你于公于私、于情于理都只能帮他，不能骗他。你要犹豫这个，我现在就给赵永年打电话，

129

说你知情不报。"田晶一把抱过圆圆瞪着小赖说。

"行吧。"

赵永年接到小赖打来的电话后，也惊住了。他没过问小赖怎么把鬼子六的手机拿到手里的，翻出了他的消费记录。

赵永年脑子在飞速转动，对电话那边的小赖说："鬼子六没犯法呀，而且你这也是猜测。法律讲证据，谁能证实老柿子确实把钱也像鬼子六一样，花在网络打赏上面了？"

"我试试看能不能证实。"

"你怎么试？"

"反正我有办法。"

"好，小赖，你记住，千万别越线，要不然，哥也帮不了你。"

"我不用你帮，你帮忙把老柿子和豆包的案子都破了就行啊。"

"不用你提醒，这是我的职责。"

田晶看小赖把电话挂了，满脸担忧："你怎么证实呀？就算咱猜测是准的，你也没法儿证实呀。"

"我让鬼子六证实。"

"你不是说鬼子六这人嘴里从来没实话吗？"

"这次人命关天，鬼子六必须说实话。"小赖笃定地说。

21

小赖到底是什么人呢？在赵永年心中，这个问号越来越大。

他不像涉案人，真正的涉案人应该是尽可能躲开警察视线，也不会频繁出现在被害人的周围，小赖居然硬生生地扑了上来。

单嫖双赌，据这几天赵永年和豆包多年前那些牌友的交流，豆包年轻赌博的时候，小赖就是他的搭档，两人的女友也关系匪浅。

老柿子和小赖是交心换命的多年死党。

小赖如果不是涉案人的话，这俩无法说话的受害者显然把他给刺激到了，小赖目前的状况看起来比急于破案的赵永年还急着寻找真相。

赵永年当兵前只知道小赖机灵，复员后知道小赖能混，后来他从警小赖就走了，这几天赵永年对小赖可是刮目相看哪。

这个人利用好了，真没准儿能大力推动北大街几个案子的进展，赵永年只是担心这小子会违规过线，毕竟都是发小儿，北大街他们这拨儿人现在已经有死有伤了，再眼睁睁看着小赖把自己折进去是得不偿失的一件事情。

但是由于案情保密措施，赵永年始终没和小赖还有老柿子家属说起过老柿子不知何故发了一笔大财，解决了经济危机。因为这很可能就是他遇袭的直接原因。

不同于现在刑警队所在的那种灰了吧唧的三层小楼，新的公检法大楼高高耸起，鼎足而立，体现了法治环境的庄严面貌和执法机关的肃穆氛围。

赵永年自从当初被老马说服后，平时也不怎么来这边，局里虽然窗明几净，气势威严，但这里的条条框框也实在太多，每层楼都有警容镜，见到谁都得客客气气。

刑警和刑事案打交道惯了，平日里接触的多是地痞流氓，行为举止都得大开大合，才能镇住穷凶极恶的犯罪分子，所以大多不拘小节。

赵永年把车停在三栋大楼中间的停车场，没进公安局，直奔检察院。他得去正面观察一下宋奇了，明正胡同那个隐藏的摄像头里，宋奇在暗他在明，现在赵永年要好好看看这小姑娘到底是个啥样人儿。

检察院的人许多和赵永年都是老相识，一进来就是此起彼伏的招呼声，嘻嘻哈哈一阵过后，赵永年走进了宋奇工作的接访室。

不同于信访办接访室的人头攒动，检察院的接访室是上访举报重大刑事犯罪的地方，在洮北市这样的小县级市这样的案件不多，所以这里可以说是门可罗雀。

宋奇在接访窗户里面正在看一本公务员考试的书，赵永年凑上去的时候，宋奇猛一抬头，看到他后，犹豫了一下，把书轻轻合上，放进了抽屉。

"请问您有什么需要帮助的吗？"标准的普通话和标准的接访话术从宋奇的樱桃小嘴里吐出。

"没有，没有，你不认识我？"

"年糕哥。"宋奇小声说。

"对，小奇，我办事路过，听说你在这儿工作，就过来看看你。前天去你家，不是你远程给我开的门吗？"赵永年说。

"我在上班，不能闲聊。"宋奇低头说。

"对对对，你们不是还有二十来分钟就下班了吗？我正好没啥事儿，中午咱俩一起上食堂吃个饭吧，我头两天才知道，公检法节能减排，食堂都在地下合并了。"

"嗯。"宋奇看看赵永年身后也没人，点点头说。

赵永年转身出去了，就在门口空无一人的走廊便民候访椅上一坐，心中暗想，公检法部门还是消停一些好哇。消停就说明没事儿，像这几个案子一上来，自己忙得跟狗似的，老百姓也人心惶惶。

年轻的时候，赵永年可不这么想，巴不得多来几个大案要案给自己磨刀立功呢，可大案要案来了，就说明有人受到了严重伤害，这是有因果关系的。

现如今的赵永年，就渴望天下太平，自己上班多点儿学习的时间和空间，下了班陪陪老婆孩子，照顾照顾老爸老妈，电话不响就是岁月静好。

"年糕哥，走吧。"宋奇出现在了眯着眼睛小憩的赵永年面前。

"下班了？走，不过哥可先说好了，得你请，哥没这边饭卡，总也不来一回，去薅老战友羊毛不合适，还是让自己妹妹请吧。"

"行，走吧。"

公检法的三栋品字形大楼共用一个地下空间，这是北部新城规划时的作品，可以有效地联动三个执法单位，地上是兄弟单位，地下也就不分家了。

地下大食堂面积不小，一到中午，一片制服，穿便装进来的赵永年显得有点儿突兀。

赵永年在这三个单位朋友多，又是一通寒暄客套，他到处跟人家介绍宋奇是自己妹妹，搞得宋奇只能臊眉耷眼地频频点头。

"小奇，其实哥这次来是想跟你商量点儿事儿。就是不知道你愿意不愿意给哥这个面子？"打完饭找个角落坐下来后，赵永年随便扒拉两口故作犹豫地说。

"啥事儿？"

"你家不是有个摄像头吗？我想看看里面录下来的一些资料。"

134

"哦，行。"宋奇像是松了一口气。

"那里存了多久的影像信息呀？"

"我买的储存卡储存空间大，和单位的一样，存了差不多一个月的信息内容。"

"不问我干啥？"

"问啥？你是哥，又是公安，我不用问。"宋奇小心翼翼地夹起一颗豆子往嘴里放。

"你家啥时候安的摄像头哇？"

"我哥没了就安了，就我们娘儿俩，我妈腿脚不好，我要是上班，怕有不知深浅的外人进去，有摄像头能看着人，有远程操作能当个人。"

"那倒是，知根知底的都得给你哥点儿面子。不给你哥面子，也得给北大街你哥那些朋友面子。"

"你也是我哥朋友。"

"对，也得给我面子。哈，咱今儿净说面子了。我前儿听宋婶说，你相亲相到我们刑警队了？"

"嗯。"

"要是姓周，我手底下可也有个姓周的，周策。"赵永年透过汤碗注视着宋奇。

"嗯。"

"还真是他呀？小伙子不错，可以谈谈，咱知根知底。"

"哦，再说吧。"

135

“咋，我妹没相中他？”

“不急，我还得考试呢。”

“行吧，现在你们这些孩子的事儿，我也都不懂了，情情爱爱的可不是我们这岁数玩的了。”

“哥你啥时候拿储存卡呀？”

“我下午还有点儿其他事儿，明天不周六嘛，你要不加班的话，我过去拿方便不？”

“方便。”

“行，快吃吧，多吃点儿，你这孩子体格也单薄，可别像你小赖哥，整得跟个病秧子似的。”

赵永年说完这话，宋奇拿筷子的手轻轻一抖。

22

鬼子六下了班就往自己媳妇开的那家铁锅炖走，一进屋，薛珍珠指了指小包房，他把外衣脱了递给媳妇，掀开门帘，愣住了。

杂鱼炖得正好，小包房里坐着小赖，桌台边是他的手机。

"酒给你烫好了，鱼可以吃了，事儿我得和你唠唠。"小赖给他倒了杯酒，然后给自己又倒了杯饮料。

"唠啥呀？你哪儿给我找回来的？"

"钎子。"

"啥意思？"鬼子六坐他旁边拿着手机翻了个白眼看他。

"一会儿钎子就过来。"

"他敢过来我敢扎他你信不？你挡我连你都干。"

"我今儿想和你说道说道，让你明白明白为啥我和钎子这么好。事儿说完，你想干，我奉陪。"

"小赖你怎么回事儿？咱俩好还是你们俩好哇？当年哥可为你挡过刀哇。"鬼子六转身让他看了一眼后背说。

"六哥，你能为我挡刀，钎子能为我舍命。"

"你就这么信那个小偷？"

"钎子确实是小偷，但他除了偷，还能干啥？一个十多岁的孩子，养活一个瘫巴妈，一个哑巴爹，还有一个从乱葬岗子上捡回来的包袱皮妹妹，你让他咋活？"

"小灵子不是他亲妹妹吗？"鬼子六愣了。

"钎子家穷成啥样，你不知道。我去过，就在乱葬岗子边上，屋里四处漏风不说，炕上连张炕席都没有，就是光板的土炕。咱小时候穷，但不至于穷到挨饿，时不时在谁家还能混点儿零嘴儿。钎子家里都吃过脏水沟淹死的死猪。"

"嗯。"

"都说钎子是畜生，逮谁偷谁的，他不偷的话，家里就有人挨饿。上小学三年级那年冬天，钎子在乱葬岗子上捡回家个包袱皮。小灵子多好看哪？要不是钎子我俩路过，她连活下来的机会都没有。我当时也不懂事，我说别管了，钎子说不管不行，那是条命。"小赖说到这儿的时候眼圈都红了。

"我还真不知道，他也没说过，你也没说过。"鬼子六端起小赖倒的酒喝了一口。

"我咋说？和钎子比，我都是个冷血动物。小灵子的事儿，是他家最大的秘密，连那孩子本人到现在都不知道。"

"挺不容易。"鬼子六寻思寻思，点了点头。

"咱们吧，说不幸，也挺幸的，家里都挺好，自己也算慢慢混起来了。钎子一直到五年前才洗手不干了，上省城开了两年出租车，那是因为小灵子在省城嫁人。"

"后来咋又回来接着那啥呢？"鬼子六做了一个偷钱包的动作。

"小灵子她对象白血病，一个月花海了钱了，我要帮忙他不干，自个儿死活回来接着干老本行死扛。说既然管了，就必须管孩子一辈子，他的钱虽然来得不干净，但用得可不埋汰。你说我不护着他护着谁？"小赖又一巴掌拍桌子上了，手上的伤口再一次裂开出了血。

"行，我知道这事儿你不能跟我撒谎，那他偷我手机干吗？这东西也不值钱。"鬼子六攥着自己的手机敏感地看着小赖。

"六哥，是我让他下的手，就想看看你和老柿子在搞什么猫儿腻。"小赖目光如炬和鬼子六对视，"六哥，你俩这一年可没少祸害钱哪！"

"这跟你有一毛钱关系吗？"鬼子六犹豫了一下，也猛拍了一下桌子。

薛珍珠掀开门帘就进来了："咋还喝喝的急眼了呢？"

"滚出去。"鬼子六一声暴吼。

"嫂子没事儿，北大街乱了套，豆包死了，老柿子没醒，我俩这几天憋屈，发泄发泄。"小赖微笑着安慰薛珍珠。

"也不知道你这酒是喝人肚子里了，还是喝狗肚子里了！"薛珍珠怼了鬼子六一下，走出了小包房。

"六哥，我说这话你别不爱听，你是人精，知道止损，老柿子可没你这脑瓜儿，掉进坑里就出不来。"小赖靠近他低声说。

"我哪知道他能搭进去那么多呀？我看过他显摆，可没承想，他显摆上瘾了。"

"谁家钱大风刮来的？"

"这玩意儿有瘾，真有瘾，我当时也不知道咋想的，后来才收住。"

"能收住就好。你上岸了，老柿子还在坑里，我得捞他，你得帮我捞他，咱们是兄弟，是哥们儿，不能看着他死这上边，想干死他的人，一定和这事儿多少有点儿关系。他的那伤可和祁勇、豆包的死都不一样啊，是两码事儿。"

"说吧，你想咋弄？"鬼子六一口把整杯酒干了。

"老六，有个人儿在门口说要找你和小赖。"薛珍珠在外面喊。

"让他直接进来吧。"小赖说，"钎子来了。"

"我应该预备个刀，想扎你俩连个家伙什儿都没有。"鬼子六苦笑着说。

钎子进来的时候，带着一股冷风，左右手各拎着一个大袋子。

"啥呀？"鬼子六一脸不屑地问。

"还你的东西。"钎子低着头说。

钎子打开左边的袋子，里面是鬼子六昨晚在洗浴中心丢的衣服，打开右边的袋子，里面是一个生猪头。

23

半夜，赵永年小心翼翼地回到家中，发现郑娜窝在床上不知道睡没睡。走进厨房一摸饭锅，是热的，打开冰箱，有饮料有啤酒，微波炉里有一盘他最爱吃的辣椒炒肉片。

赵永年正想开动，先让自己这几天受了不少委屈的胃满足一下，微信来了，是小赖发的。信息上是一个直播软件的名字和一个直播间号，还有一个用户名和一个密码。

"你在哪儿？"赵永年本想问他怎么弄来的，但犹豫再三只发了这样一个问题。

"医院，手上口子破了，再补缝两针。"

第二天早上，赵永年醒的时候，发现郑娜早就起床了，他一出卧室，就看餐桌上摆着肉包子和粥，还有两样爽口小咸菜。

"你不用这样，真的。"赵永年不知道说什么好了。

"吃吧，吃饱了才能上战场，你是我爷们儿，我知道我爷们儿的能力，要说北大街那个土匪窝子真能出英雄的话，你就是。"郑娜把他拉到桌边坐下笑着说。

"得了得了，你也甭捧着我说，案子肯定能破，我都能摸着脉了，有一点你说对了，我还确实有战斗力，这么多年在我手上就没悬案。"赵永年也笑了笑。

"那是，不是闹妖嘛，你这个钟馗吃饱喝足就去给我捉妖。"郑娜拍了拍赵永年的肩膀，又在他脸上亲了一下，"该刮胡子了，一个刑警队长，搞得跟个流浪汉似的，不知道以为我真不管你了呢。"

"行啊，吃完再说。"

赵永年精神抖擞地开车直奔市医院，他知道昨晚小赖发来的是什么，就是老柿子在网络直播软件上的信息。

有了这份信息，就能核实出老柿子到底花了多少冤枉钱，捋着线找到钱出的地方，再逆着找钱来的地方，不出意外的话，破案指日可待。

他准备先到市医院看看老柿子的伤情有没有好转，然后再去北大街把宋奇家的视频资料拿过来，找一找明正胡同在视频可见范围内有没有什么发现，最重要的是，在案发那段时间，在视频中宋奇有没有不在场的证据。

赵永年总觉得宋奇这孩子言行举止有点儿蹊跷，但她的配合程度又很高，所以需要点儿旁证。

今天到医院了，还得看看被他下了死命令守在医院盯紧老柿子伤情的周策，这孩子真像老马说的，心态还是不够稳定，容易受影响，得磨磨性子。

宋奇和他能不能成是一码事，现在宋奇也有嫌疑这事儿还真不能让他知道。

无论老柿子伤情如何，都要敲打敲打周策，不能让他长歪了，在这个正要往上走的年纪留下什么遗憾。

内心已经勾勒出案情侦破蓝图的赵永年在医院停好车，胸有成竹地踏进了医院大楼。

刚一进大楼，就听得一阵急促的火警铃声，正在他四顾之间，所有的医生护士和能动的病人都在沿着楼梯往下跑。

整栋医院大楼瞬间就乱了套，赵永年一抬眼，就见周策和另一个值勤民警也从消防楼梯跑了下来，他一个箭步冲上去，揪住了周策："你怎么擅离职守？"

"火警啊。"周策一脸茫然。

"胡闹。"赵永年吼完逆着人潮就往楼上跑。

人实在太多了，四层楼梯赵永年几乎是贴边扒拉着不管是病人还是医生的阻拦者，一路奋进才冲过去。

跑到老柿子病房的时候，就见门里有人影，赵永年从包里掏出配枪，一脚就把门踹开了，病房里有一个身穿皮夹克的人正手持一把利刃往老柿子身上扎，而且显然已经扎了不止一下。

"不许动。"赵永年毫不犹豫地举枪指向了凶手。

穿皮夹克的凶手一见他，甩手就把刀扔向赵永年的头部，人就往窗户边上蹿。赵永年根本不顾已经到了面前的寒光，果断射击，砰一声枪响，子弹击中了凶手，那把刀也扎进了他的脸颊，深及骨头。

这时，周策才气喘吁吁地赶到屋子里，只见赵永年脸上鲜血淋漓，扑到病床查看老柿子伤口，刀已经落地。周策冲过去对着挣扎着要抬头的凶手头部就是一脚，对方一翻白眼，脸贴在地上就开始吐血沫子。

老柿子奇迹般地微微睁开了眼睛，嘴巴一开一合，但他的肚子上几个血洞正在汩汩流血。

"快叫医生。"赵永年喊。

"医生，医生。"周策又冲出病房。

"家……赖……"老柿子的嘴巴开开合合，用细微的声音说完，已经把最后的力气也用完了，眼睛再闭上，就永远无法睁开了。

赵永年脸上的血和老柿子流出的血混在了一起，整个病床上泛着一片腥热的暗红色。

周策从消防楼梯拉了一个不知道是什么科的医生返回了病房，看到这场面，两个人都惊呆了。

"周策，你还知道不知道你是个警察？楼塌了你都得给我把他护在你的尸体下面。"

赵永年吼完，转过身来，反手就抽了周策一个大耳光。

这已经是这个月北大街第三个死者了，也是赵永年第二个死于非命的少年伙伴。

医院里又是一通慌乱。

赵永年打中凶手的那一枪正中其肝脏，在挣扎过程中又挨了周策用尽全力的一脚，医生来的时候，凶手和老柿子一样已经没救了。

赵永年的脸至少需要缝合二十针，由于伤在头部，他拒绝在离大脑意识神经近的地方注射麻药，医生只好硬生生地在他脸上穿针引线。

正在局里加班的老马和正在超市买菜的郑娜前后脚赶到市医院。

"怎么搞成这个样子？"老马语气中没有埋怨，只有感慨。

"马队，我负全责。"赵永年看了冲进来的郑娜，愧疚地说。

"你没事儿吧？"

"没事儿，我想打他肩膀的，好几年没实战开枪，而且当时情况紧急。歪了，可惜。"赵永年叹息说。

"先查凶手身份，把相关信息发到公安系统内网，太猖狂了，敢来医院在警察眼皮子底下行凶。"

"有问题。"

"嗯，我来接手。"老马知道赵永年的这三个字是说医院。

"你怎么来了？"赵永年这才问站在一旁不停颤抖的郑娜。

"这么大的事儿，全市都知道了。"郑娜说。

"嗬，信息时代。"赵永年可以想象今天从医院跑出去那些人的朋友圈会有多么热闹。

火警是假的，而且近期医院正在进行监控系统升级，没有任何视频信息显示凶手是何时来的，又是谁触动了警报机关。

医院、假火警、歹徒趁乱行凶、警察开了枪、两死一伤，这一系列关键词，在这座小城里，必然会是一场前所未有的轩然大波，这里发生的一切，等同在全城做了一场恐怖直播。

处置室门口此时又传来一阵脚步声，赵永年抬头一看，只见几个中年人正用复杂的目光看着他。

小赖眼睛里一滴眼泪都没有，那里像是两口隆冬时节冷屋子里没淘干净的水缸，一圈儿的冰碴子，看着都扎人。

"你上哪儿去？"仙儿哥拽了一把转身欲走的小赖。

"别，碰，我。"小赖平静地看着仙儿哥，一字一顿地吐出了这三个字，仙儿哥一哆嗦，撒开了手。

小赖瘦弱的身体和缓慢的移动速度在此刻像一幕慢放的电影，屋里屋外的人都看着他走下消防楼梯，一步一步往下走去，带着一种不祥而又悲伤的感觉。

"他是谁？"老马问一直在看着这一切的赵永年。

"小赖。"

小赖完全没有了知觉，他在这个出生长大的小城里感到前所未有的孤独。

老柿子贠庆生，是他出生就认识了的对门兄弟，他俩近四十年的感情里，从来没有因为任何事情闹过矛盾，甚至生过气。

老柿子和小赖总能知道彼此的尺度，北大街的孩子都是刺猬，能够相安无事的不多，但他们就偏偏找到了一个可以取暖

146

又不会扎伤彼此的距离。

小赖从不和老柿子说自己在外面的事儿，老柿子也从来不好奇他经历了什么。只要在对方身边，他们就是两个同在摇篮里的孩子，哪怕不说话，也安心。

小赖认为，老柿子的死，自己要负一部分责任。

小赖以为，他自己私域保护欲过重，不喜欢被打扰，老柿子就也不需要被关心。

哪怕他再多来几趟，多问问老柿子内心深处的渴欲到底是什么，解决问题简直就是举手之劳，可他偏偏没有，这是好兄弟应该有的表现吗？

不知不觉，小赖就在寒风中走到了美姿内衣商场的门前，他并没有走进去，而是看着那扇门，如同被关在幼儿园外的小孩子，蹲下就开始哇哇大哭，许多人过来围观。

田晶冲出去坐在地上把他的头抱在怀里，陪着痛哭的他淌眼泪。

"我好难受哇！"小赖靠在她的身上抽泣说。

"看什么看？没见过人哭哇？都给我滚。"像是怕围观的人会伤害到此刻无比脆弱的小赖一样，田晶转头声嘶力竭地朝全世界大吼一声。

24

　　周策被老马当场勒令回家停职反省，赵永年伤口处置完成后，将郑娜送回家中。

　　在车里，夫妻俩一句交流都没有，郑娜知道这会儿赵永年已经暂时脱离了他的丈夫身份，完全成了一个进入战斗状态的战士。

　　到了公安局家属楼下，郑娜下车回头只说了三个字："小心点儿。"

　　赵永年没有答话，掉转车头再往医院返，此时已经向局领导请示过的老马调动所有在职刑警进入战备状态，大批公安干警正在赶赴医院，那里是案发现场，也是该案涉案信息最为集中的地方。

　　洮北市医院大楼的会议室被刑警队临时征用，院方主要领导也都被请进了会议室，忐忑不安地看着警察一个接一个走来走去，其中就有彪子的媳妇董子琳。

　　全副武装的公安干警，都在低声交流案情，时不时用带着火花的目光审视院方领导。

　　院长室中，老马正在和市医院的岳院长单独交流。

"咱们医院这个监控系统是何时开始升级的？"

"这，这周，周一。"岳院长想了想说。

"这个监控系统多久升级一次？"

"头一回，本来上级单位要求是每三年维护一次，咱这儿搬进来三年半了，各科室负责人都忙，拖拖拉拉到这周才完成签字流程，算是能落实了。后天周一上班就可以启动恢复了，没想到这节骨眼儿摊上个这么大的事儿。"

"哦，那你们的签字流程确认都有吧？"

"有，有，我这儿有原件，还有电子版。"岳院长打开电脑，翻出一份签名文件。

"嗬，看这签字日期，后面这几位还真是忙啊，都在上周签的。"

"好不容易逮着的人，周一最后签字的是我，能落实就抓紧办了。马队长，我们这个流程可一点儿毛病没有。"

"嗯，没毛病。"老马点了点头。

被厚厚的纱布遮住了半边脸的赵永年坐在医院会议室里，目光如炬地看着这屋子里的人。他们都隶属于这座小城里重要的两个单位，一个负责维护安全，一个负责救死扶伤。

死亡、冲突、人性，在他们眼里同样毫不稀奇，几乎是双方每天都要经历的事情。但大家就真能那么从容平淡地面对这些吗？特别是本案已经将这一切血淋淋地呈现在了这里。

赵永年有一种奇怪的感觉，北大街的三个案子现已成胶着状，你中有我，我中有你。所有信息都不是线状的，不是点列状，而是网状。

"院方的人可以撤了，刑警留下，咱们原地开个案情讨论会。"老马和岳院长一起进来，挥了挥手对医院的相关领导说。

岳院长无可奈何地摊摊手，领着自己的人撤出了会议室。

"永年你行不行？"

"必须行。"赵永年想笑，却不敢扯动肌肉，露出的半边脸做出一个扭曲的表情。

"局长已经冒火了，他正在省城陪罹患癌症的嫂子看病，知道了这个消息，相当震怒，却没有给期限，大家知道为什么吧？"老马环顾着这一屋子端坐在医院会议中的刑警。

"知道。"两个字异口同声地从刑警们的喉咙里吼出。

他们都明白，不限期比限期更可怕，那就是分秒必争，尽快破案。毕竟这是洮北市近年来第一次敢有犯罪分子正面和刑警叫板的案件，而且还伤了一个副队长，要命的是还伤在了脸上，破案每延迟一天，脸面就一天挂不住。

"说说吧。"老马坐了下来。

"这是个极其残暴的职业杀手，在我已经冲进来举枪面对他的时候，此人居然还不停手，最后冷静地向我抛来一刀，这心理素质绝非初犯。"

"是的，马队，赵队，咱们内网的反馈信息回来了，之前被赵队击毙的凶手是外地人，去年曾经在他老家酿下一起灭门惨案，是通缉要犯，不知何时何故流窜至我市，被赵队给毙了。"

负责信息处理的刑警小谭看着电脑页面说。

"嚯，想杀贠庆生的人够下本儿啊，请这么一位，得花不少钱吧？"

"下大本儿，酿大案，这里面的事儿就必定不小。"分管南城的刑警队副队长梁正邦插话。

"永年，你啥想法？"老马看着低头不语的赵永年问。

"马队，咱能借一步说话吗？"赵永年欲言又止。

老马想了想，走出了会议室，赵永年起身跟着他一起走出来，两个人进了医院警务室，老马把门关了。

"领导，经过这几天的调查，我们发现贠庆生的经济状况在近期突然起了天翻地覆的变化，这点十分可疑，以我们目前掌握到的情况，他应该是收到了三十五万元现金，其中两万给了家里，三十三万存进了银行，部分用于归还网络贷款。这笔钱是大数目，在洮北市这样的小城环境中，是能引发命案的一个数目。基于这笔钱，再加上从外地请回来一个杀手干掉贠庆生。本案中，金钱所占的比重和此前以往的刑事案件相比，往来流通都要大。无论动机如何，洮北市能掏出这笔钱来搞风搞雨的人，范围都比较小，具体到北大街能和贠庆生扯上关系的，只有一个半。"

"怎么还出来半个呢？"老马狐疑地问。

"小赖有多少钱，我们都不清楚，只知道他们家的家庭环境不错，他爸挣了不少钱，名下有几套商铺、几间楼房还有一个小农场，这是不动产，现金不清楚，所以只能算半个。"

"另一个呢？"

"也是贠庆生的少年玩伴，此人叫许洪彪，是我们洮北市赫赫有名的企业家。我刚刚之所以拉你出来说，是因为许洪彪的岳父是咱们从公安局副局长位置上退下来的董局，以前主要负责刑侦，队里许多人，包括我，都是董局的旧部。"

"你的意思是，只有这一个半具有经济实力的人，有买凶杀人，甚至在此之前给贠庆生还债埋单的嫌疑？"

"嗯，嫌疑方面，也是一个半，许洪彪是一个嫌疑人，而小赖只能算半个。"

"哦？那又为什么呢？"

"小赖和死者贠庆生的关系可以说是多年挚友，今天上午领导你也看到小赖当时的第一反应了，根据我对他们的了解，要说是小赖想杀老……贠庆生，我个人在情感上不太愿意相信。虽然，许洪彪和贠庆生也从来没有什么公开的仇怨，但关系远近方面，确实是要隔着一层。"

"推理和猜测是寻找一切案件真相的开始。你说的这一个半，确实有耐人寻味的地方，比如和贠庆生曾经紧密联系的关系，比如经济实力这种买凶所必要的刚性条件。你倾向于许洪彪的嫌疑更大是吧？"

"对，还有一个因素是，许洪彪的爱人，恰好在这家医院里做办公室主任。而且我掌握着小赖这几天的行踪，对他直接接触过的人都有所了解。他也表过态，会全力配合公安机关。"

"这个名单里有她吗？"老马掏出岳院长交给他的签字确认文件。

"有，这个就是。"赵永年指着最上面，半年前董子琳就签过的名字说。

"你说这个小赖可以随传随到是吗？"老马摸了摸下巴。

"是。"

"那你现在把他带到队里去，我和他谈谈，要快。"

"这个……"

"有问题吗？"

"没问题，我现在就找他去队里。"

"你知道他在哪儿吗？"

"知道。"赵永年想了想，点了一下头说。

"你去吧，我这儿再说几句，安排一下任务，一小时后队里见。"

赵永年知道领导在排雷，小赖的嫌疑不完全被排除，将会极大地干扰办案视线。

老柿子一死，可以想象，小赖现在的情绪一定是极其低落，甚至已经崩溃了。

但警察办案不管这个，刚才赵永年在太平间看了老柿子媳妇韩小梅一眼，就赶紧离开了，痛不欲生的家属还得接受警方调查。警察在执行任务的时候心软，就是对犯罪分子的仁慈。

25

大白天的，美姿内衣商城一排卷闸门都紧紧关闭着，赵永年下了车，硬着头皮过去敲了几下门，门里一点儿回声都没有。

赵永年掏出手机给郑娜打电话："你联系一下田晶吧，小赖在她这儿，俩人把门都锁上了，案子得办哪。"

两分钟后，郑娜把电话打回来了："田晶不接电话，也不回微信。"

赵永年无奈，在楼下捂着脸开喊："小赖，我是年糕，我知道你在里边，抓紧出来。"

小赖和田晶就在一层，靠在柜台的一个角落里，小赖是被田晶拖进来的，两个人已经就这么相互抱着一动不动几个小时了，保持同样的姿势，各自口袋里的电话一直在响在振动，谁也没动，也不说话。

美姿内衣商城地处洮北市最核心的商业区，周围很快凑上来一群看热闹的老百姓。

绝大多数人并不知道这个只露出半边脸的男人正是今日洮北市广为传颂的焦点人物赵永年，纷纷在他身后指指点点，有看到前面小赖被田晶拖进去的人，还在猜测这个看起来美艳风骚的老板娘是否惹下了什么桃色纠纷。

"你别这样缩头缩脑的，能不能爷们儿一点儿？老柿子摊上这事儿谁都不想，事出了就得面对，你躲在屋子里不出来算什么事儿啊？出来出来。"赵永年捂着脸气急了上去踹门。

听到了"老柿子"三个字和叮叮咣咣的踹门声，小赖像被惊醒了，身子一哆嗦："老柿子怎么了？"

"赵永年来了，你要不想动，谁也不能让你离开我。"田晶抚摸着他的头发低声说。

三十多年来，田晶觉得只有在刚刚的几个小时里，小赖才是完全属于她一个人的。这个仿佛永远都不肯认错的男人，就依偎在她怀里尽情地哭了个痛快。

小赖在赵永年的咒骂声和踹门声中又愣了一分钟，红肿的眼睛一亮，像个突然回魂的死人，忽地站了起来："开门。"

"你……能行吗？"

"开门。"小赖跟跟跄跄到了门前，伸手向田晶要钥匙。

田晶推开他，弯腰把门开了。

赵永年停止了咒骂和脚上的动作，与小赖隔着一扇打开的门怒视，一个脸上有伤，一个手上有伤，两个狼狈的男人像是一对受伤的野兽般喘着粗气看着对方。

"跟我走。"赵永年从牙缝里挤出这句话后，在众目睽睽之下掉头就往停车的路边走。

"走。"小赖咬牙切齿地跟了上去。

田晶看他们上了车，掉头把门又拉下来锁上，一路小跑去拿车，开车跟上了赵永年。

"我要给老柿子报仇。"听完赵永年一边开车一边跟他说老马要见他的事情，小赖缓和了一会儿呼吸，平复了一下情绪，突然开口。

"小赖，这是命案，而且还在侦破过程中，你要真想给老柿子报仇，就别跟着添乱。"赵永年无比严肃地看着小赖的眼睛说。

"哦。"

"我没跟你开玩笑，一会儿见了我们领导，他问啥你就老老实实回答啥，马队不是咱当地人，人家见过世面，你也不用忌讳什么该说不该说。"

"你怎么就知道我没见过世面呢？"

"你是什么人我还不知道？"

"年糕，你还真不知道我是什么人。"小赖艰难地挤出了一个笑容。

老马在医院做完工作协调安排，刚回到刑警队自己的办公室，就见窗外大院的停车场停进来两辆车，一辆是赵永年的三菱越野，一辆是女士开的那种小型轿车。

"你不能跟进去。"赵永年拦住了准备跟他们一起走进楼里的田晶。

"赵永年，我问你，你这算是逮捕他，还是请他回来配合调查？"

"配合调查。"

"那好，那我就在外面车里等。"

"回去吧，我没事儿。"小赖回头看了一眼田晶说。

"我不，我等你。"田晶转身上了车。

小赖被直接带到了老马办公室，老马上午见过当时已经崩溃的小赖，老马以为赵永年带来的会是一个跟受害者家属同样悲痛欲绝的小赖，没想到小赖并没有表现太多悲痛情绪，反而显得十分克制。

除了明显红肿哭过的眼睛，小赖整个人都非常得体，完全不同于之前老马接触过的那些见了执法机关领导就畏首畏尾的人，态度不卑不亢。

小赖进门后主动伸出自己还包着纱布的手和老马轻轻握手，表示自己会配合公安机关工作。言谈举止间，仿佛穿的是商务风格的西装，并非身上这套农民般的打扮。

"马队，我还得写开枪报告，你们先聊……"赵永年知道这种场合自己还是尽量回避的好，毕竟他之前对小赖表示了信任，这会儿领导找小赖问话的时候在场，会显得不客观。

"哦，那你去吧。"老马点了点头。

赵永年回了办公室，填写了一份开枪报告，他这会儿仍在后悔自己那一枪打得太不巧了，怎么能一下子把杀手打死呢？

这下糟了，死无对证。

一想到证据，赵永年突然记起自己今天约了要去宋奇家里拿她家门上摄像头的储存卡。

拨通了宋奇的电话，赵永年告诉她自己需要晚些时候才能过去，对方并没有什么反应，起码在电话里听上去相当平静。

刚挂上电话，老马就一个人走进了赵永年的办公室，在窗口看着小赖上了田晶的那辆车，离开了刑警队的院子。老马突然转过头来问："永年，你对你这个发小儿到底知道多少？"

"说实话，小赖自从离开洮北市后，所有人都不知道他去了哪儿，干了什么，我也并不知情。"赵永年如实回答。

"这个人，不是嫌疑人。"老马像定性一样说。

"你的意思是，我可以相信他？"

"虽然他刚刚也向我保证，不会触碰我们公安机关的底线，还是多多注意吧，毕竟像他这样的人，我以前也没接触过。"

"他是什么样的人？"

"间谍。"

"什么？"赵永年惊呼失声，差点儿把自己脸上的伤口撕开。

26

　　赵永年出现在摄像机镜头下面的时候，宋奇就已经在自己手边的终端看见了，她开始并没认出来这个半边脸的高大男人是赵永年，直到赵永年看着摄像头敲门，宋奇才用遥控把门开了。

　　"我妈睡下了，咱上这屋吧。"宋奇走出屋门，小声引导赵永年进了自己居住的大屋。

　　"嚯，你这屋子可挺好。"赵永年走进后，才发现宋奇的房间里有一系列的现代化用品：电脑、iPad、投影墙、蓝牙音箱。大镜复古梳妆台上应有尽有，小炕边的柜上摆着插有鲜花的花瓶，虹吸咖啡壶还散发着咖啡香气。

　　"哥，你这脸……"一进屋有灯光了，宋奇才震惊地发现赵永年这一天不见的变化。

　　"出了点儿事儿，啊，小事儿。"

　　"这是储存卡，哥你赶紧回去休息吧。"宋奇关切地赶人。

　　"是，这就回去。另外，哥还想问你几个问题，不算审讯，就是闲唠嗑，你能跟哥如实回答吗？"

"当然能。"

"胡同谁知道咱家门上有摄像头？"

"早多少年就想装了，以前我哥画的图纸，他怕都知道了就有些讨厌的人过来给玩坏了，设计到门框里面，没人知道。"

"小赖那小子那么精明，他来的时候也没发现？"

"没有。"

"彪子知道吗？"赵永年突然发问，并紧盯着宋奇的反应。

"你说彪哥？"宋奇果然被这个名字的突然出现给惊住了，顿了一下，"他更不知道了，就我哥去世的时候来了一趟，后来再没来过。"

"没事儿了，你哥交的朋友，都不是你能想象的，包括我。妹子，你还小，最好都少接触。"赵永年咧开一个歪着嘴的微笑转身往外走。

"嗯。"宋奇若有所思地点点头往外送赵永年。

"对了，我也收回昨天对周策的评价，他这孩子不靠谱。"临到门前时，赵永年回头说。

把赵永年送出了门，宋奇窝在布置得比床还舒服的小火炕上，摸着手机发了会儿呆，给周策发了个消息："你没事儿吧？"

周策的回复很快："没事儿，还给了犯罪分子最后一击。"

"这几天你要有空，就一起吃个饭吧。"

"好哇，去我朋友饭店吧。"

车子刚刚离开北大街，赵永年的电话就响了，他一边开车一边看了一眼屏幕，来电显示是彪子，赵永年一脚刹车就停在了路边。

这小子居然主动打电话给自己，什么情况？

"赵队，我听你弟妹说今天在医院伤了的警察是你，没事儿吧？"

"没事儿，脸上破了点儿皮，干刑警的，轻伤不下火线。"

"那就好，我老丈人给我打电话，说是晚上要请你喝酒，给你的小心肝儿压压惊，也为你庆功。"

"别闹，告诉董局，我现在没时间喝酒，手头案子还没破呢，哪有资格庆功。"

"杀人凶手都被你现场击毙了，还不算破案哪？"

"万里长征一小步，现在不方便和你讨论案情，没事儿我挂了，谢谢董局好意呀，情我领了，下次我去家里看老头儿。"

"那好吧。"彪子也没再说什么，就把电话挂了。

一路风驰电掣开回刑警队，赵永年上楼就开电脑读取摄像头储存卡里的信息。果然，明正胡同里的人不知道老宋家门上隐藏着这么个东西，路过时，并没有谁表现被监控到的异样。

正看着呢，老马进来了，坐在他身边和他一起看。

"许洪彪刚才给我打电话了，估计是想探我口风，还说董局晚上想请我喝酒，为当场击毙凶手庆功。"赵永年操作着快进和慢放的按键说。

"这么说来，这个许洪彪还真是有点儿意思……你拒绝了？"

"哪有时间喝酒攀交情，再说了，咱们现在不也正瞄着他呢嘛。"

"正因为瞄着他，他往上撞咱才不能躲呢，何况是他老丈人，那位局里的前领导请客。我琢磨着，这次有可能是想借宴请你的名义，套套你的话，借此判断咱们的侦查方向，你刚才在和他沟通的时候，没什么不该有的激烈反应吧？"

"那肯定没有，我跟他说了，我特忙，而且不沟通案情，这是我一直以来办案的态度。"

"去，永年，这饭局你得去，但是酒不能喝，你现在伤成这样，说不喝也没人能逼你。你得去演一出，安抚一下他，别把刚露出来的狐狸尾巴给惊回去。"

"可是，我都明确拒绝了。"

"你要连他们家门都走不进去，想对付他可就难了。"老马拍了拍赵永年的肩膀笑着说。

"好吧，那，领导你在这边盯一下这个摄像头资料，这是北大街我能找到的唯一一个家用摄像头，设置在外号弹弓子的宋奎家大门口，我想排除一下宋奎妹妹宋奇的作案时间，笔记都在这个本上呢。"赵永年把记录着自己关于案情分析设想的那本工作日志交给了老马。

"去吧，你行动，我看家。"

27

赵永年直接就杀到了彪子的岳父董局家，董局家住在 20 世纪 80 年代福利分房时期分配给机关干部的一个大院子里。

大院中有十数排二层小楼，家家户户都有个百十平方米的小院子，楼里的空间也是百十平方米，显得很局促，赵永年以前就来过董局家。

董家住在一排小楼的最东侧，不像其他人家开南门，董局走的是东门，楼下是客厅、书房和厨房，楼上是一大一小两间卧室。

赵永年敲了几下大门，出来开门的是彪子，后者一见是他，愣了，显然没想到他就这么没打招呼直接上门了，半边脸上带着伤，另半边脸显得怒气冲冲。

"啥意思？"彪子退了一步问。

"别提了，让老马给收拾了，非说我开枪报告写得不够专业，当时千钧一发，我还给他写个长篇小说呗？"赵永年抱怨说，"我来跟董局说道说道。"

"刚才请你你不来，这会儿受气了知道找上门了。"彪子乐了，冲屋子里喊，"爸，你徒弟让人收拾了。"

"听见了，你俩小点儿动静。"矮胖矮胖的董局打开屋门说。

"还挺暖和，董局，你们这些老干部的住处就是受照顾哇，我们后来那些家属楼供暖都不行。"赵永年进门不客气地换鞋说。

"你小子，听说今天还把自己一个手下给揍了？唉，上级关系没处理好，下面又不能扛事儿，猪八戒照镜子，里外不是人。"董局没接他的话，看着赵永年的脸说。

"我有啥招？之前你老人家退休前，钱局长就说要重点培养我，我以为稳了呢，结果呢？还是来了个空降。"

"行了，你知足吧。我这几天才知道，那个马队长的来头可不小，人家三代公安，爷爷是新中国第一代刑警，父亲在邻省公安系统内部也是一员名将，要不是犯了严重错误，能窝到咱这小小的洮北市来？"

"我还真头回听说，我就知道他儿子在公安大学，那么说就是四辈公安了，老爷子，知道他犯啥错误了吗？"赵永年此时的惊讶是发自内心的，老马从来不提他来到洮北市以前的从前。

"少打听，子琳，再把饭菜热一热端上来，我再陪小年糕喝两口。"

"咋样，今天那凶手哪儿的？"彪子小声问赵永年。

"你也少打听，公安机关办案不是你该打听的事儿。"董局瞪了一眼自己的女婿说。

饭菜都是家常饭菜，董子琳又打电话让饭店送了俩热菜，赵永年指着脸说不敢喝酒，彪子说："那正好，一会儿你开车送我们回家，我陪老头儿喝点儿。"

赵永年吃了两大碗饭，说了老马一大车坏话，心里却在默念：马队可是你让我想办法进这家门的，我就拿你当敲门砖了，活该，嘿嘿。

"我就服了，全局都搬新楼，刑警队就非得留守，听说这还是老马主动申请的，你说有这样的领导吗？我们拼死拼活，动刀动枪，他一点儿都不知道体恤下属，都不是一个人两个人跟我反映了，我有啥办法？我一个副手能有啥办法？总不能跟领导对着干吧？"

"你呀，自己工作能力不足，还一肚子牢骚，有你这样背后议论领导的吗？没喝酒你都敢说，喝了酒还不得吵翻了天哪？"老头儿背靠着半墙的奖杯和奖状摇头说。

"爸，这你倒不用担心，我俩小时候就经常一起喝大，年糕喝酒一醉就睡，除了起来吐黄汤，一句话都倒不出来。"

"我这不是憋的嘛，你老爷子当年慧眼识珠，把我从渔业稽查拉到公安局刑警队干了这么多年，谁不知道咱们的师徒关系？我受了委屈不和你说，还能和谁说？"

"那你以后也不能再说了，对组织上派下来的领导，有意见可以当面提，不要老是这么小肚鸡肠心存不满，大气一点儿才能干大事儿。"

"唉，总之，忍吧，等他啥时候把位置腾出来，我看看我要有精神，还能不能再进步进步。"赵永年一副升官心切的样子。

　　"你今天那一枪，已经在厅局都挂了号了，给某些领导留下了深刻印象，有人电话都打到我这儿来了，问咱洮北市啥时候出了这么一位掏枪就射的狠角色，我都不好意思说是我带出来的，怕沾你的光啊。"

　　"逼得没办法了，当时那小子刀奔我来了，我开不开枪都是一刀，就寻思赌一下呢，差点儿没赌成独眼龙，医生说幸好是颧骨偏下，偏上就是眼睛。"

　　"杀手遇上高手了，可惜你这一枪太准了，不然还能挖出点儿东西来。"

　　"谁说不是呢，他要不死，兴许就能问出来是谁埋的单，现在死口，难弄啊。"

　　"北大街有这么一号人物吗？值得一个杀手出马？"董局转头问正在低头喝酒的女婿彪子。

　　"咳，我差点儿呛着。我都多少年没回过北大街了？老柿子，就是今天的死者，和我俩也是发小，也是北大街地头蛇，具体后来是不是混成了人物，我不接触他们，还真不知道。"彪子赶紧把酒杯放下说。

　　"他就是个钱串子脑袋，其他问啥都是一问三不知。"董子琳往彪子碗里夹了一块鸡翅，董局皱了皱眉。

　　"算了，咱不讨论这些事儿了，这些都是小年糕，哦不，赵队研究的事儿，咱老百姓，就等着他伤好，再好好整俩菜，请英雄喝几杯，给战士暖暖心，就挺好了。"董局大手一挥，又拿出从前做报告的姿态。

"说别的，董局你会当我见外，咱们爷们儿这么多年，知根知底，我赵永年是啥人，董局知道，彪子也知道，等我伤好了的，过来陪你老爷子好好喝顿大酒。"

在赵永年送彪子回去的路上，彪子哭了，最开始是小声地窝在董子琳肥硕的臂弯里啜泣，后来越哭越大声，到最后几乎是撕心裂肺。

"这怎么哭成这样啊？"赵永年把车停在了路边。

"咱小时候在一起多好哇，也没钱，也没能耐，还没有谁管咱们，弹弓子没了，老柿子和豆包……咋能也说没就没了呢？"

"小赖说,社会人江湖死,啥人啥命吧。"赵永年摸出盒烟来，在后视镜里注意到董子琳皱眉，又把烟塞了回去。

"他咋不死了呢？"

"你呀，还真别盼着这事儿，咱这帮哥们儿，现在都越来越脆弱了，谁哪天走，还真说不好。"赵永年又发动了车子。

"年糕，咱能悬赏吗？我出钱，谁要是逮着了杀豆包的凶手，或者找到了雇人杀老柿子的凶手，我给钱，给一百万，你看咋样？"彪子扶着驾驶座靠椅说。

"你可别喝点儿酒胡说八道了，就显得你有钱？小赖没钱？

你那是股份，厂子里销量不好的话，上下一哆嗦就没了。小赖他家可都是房产，又在外面混这么多年，人家不显山不露水的，比你底子厚。再说了，小赖和老柿子啥关系你们都没看出来呀？要悬赏，轮不到咱。"董子琳把彪子拽回自己怀里说。

"别别别，刑事案件是由公安局刑警队主要负责的，你们这种思想行不通，我们也不敢收花红。"

"要不，我和小赖一人一半？"满身酒气的彪子迟疑了一下，貌似还在算账的样子。

"也不怕赵队笑话。我家彪子就是这样儿，雷声大雨点儿小，这就少拿了一半，我跟你说，真掏钱的时候，他心眼儿小着呢，一分都舍不出来，买碗馄饨都得多抓两把虾皮。"董子琳笑得浑身肉都颤了。

"为了我兄弟，花点儿钱算啥？我能舍得出来。"

把这两口子送到了东郊别墅区的住所后，赵永年一路就在琢磨今天这家人的表现。董局和董子琳都很熟悉体制，说的话滴水不漏，不出格，彪子却一直在唠社会嗑儿，车上的眼泪应该是真的，否则这哥们儿的演技绝对是影帝级的了。

但谁能说他的泪水不是为庆幸杀手被自己一枪毙命而流呢？

28

太平间外，小赖平静地和韩小梅一起接待着闻讯赶来的亲戚朋友，时不时还要安慰一些不知真伤心还是假难过的人。

自从小赖从刑警队被田晶送到医院后，小赖就没有离开老柿子尸体十米开外。

公安干警时不时会过来把韩小梅找去问一些问题，小赖这会儿就掀开老柿子蒙着脸的尸被，看一看他唇色青白的脸。因为他知道，很快，他的兄弟就也会像另一个哥们儿豆包一样，化作一缕青烟，再也不会回头。

二倭瓜来的时候，看到小赖在尸体旁，站到了他的身边。

"没承想，老柿子这么好的人落了个这样的下场。"

"你多注意吧，都什么年代了还混？"

"我是没办法，带一帮兄弟得糊口。"

"糊口就非得玩山寨黑社会那套路？咱们这帮哥们儿，眼瞅着就剩不下啥了，能活的就尽量活着。"

"手还没拆线呢？"

"后来绷开了，没事儿，土豆子好了吧？"

"让我又扇了好几个嘴巴子，他们都不知道咱们这伙人在一起什么交情，三十多年的老铁，要我命也不能动你呀。"

"你呀。"小赖摇头一笑。

赵永年一到，二倭瓜赶紧冲他点了点头就撤了。二倭瓜是洮北市北城所谓的头号大哥，赵永年简直就是他的天敌，平时喝点儿酒见了还能梗着脖子顶上几句，不喝酒的时候见了就像老鼠遇见猫。

"咱这拨发小儿里，二倭瓜胆子最小，还就他非在社会上混。"赵永年看着二倭瓜的背影叹息说。

"真摊上个心狠手辣的，就够你呛，鬼子六要是出去混，北城可就不是现在这局面了。"

"你呢？当年要是开着网吧不离开，现在肯定也在混，北城会是啥样呢？"

"我不做这个假设，没意义。"

"你就是不愿意跟我说罢了。我们马队很欣赏你，建议你做我的线人呢。"

"排除我的嫌疑了？"

"线人也可以被观察呀。"

"你能保证把杀老柿子的幕后真凶给我揪出来毙了吗？"

"我们现在什么都得讲证据，立案需要条件，批捕需要流程，结案更需要铁证，想让法院判决，并且生效执行死刑，证据链缺一环都不行，你多少也懂点儿法，你得理解我们。"

"你们在怀疑彪子吧？"小赖压低了声音说。

"你听谁说的？"赵永年警觉地看了看四周。

"第一，我不傻，能花钱雇凶的人，首先得有钱，你看看老柿子认识的人里，能花得起这个钱的，只有彪子。"

"还有你。"

"第二，你也不傻，这么跟我强调证据的重要性，说明你的怀疑对象不是一般人哪，我记得彪子他老岳父是个退休领导吧？"

"这不重要。"

"第三，彪子更不傻，他要是能干出这么大的事儿，一定步步为营，小心翼翼，生怕露出狐狸尾巴来被你们逮着，对吧？"

"小赖，你注意你说话的尺度。"

"赵队，你注意我的身份，我不是公安机关的执法人员，我是个社会人儿，在社会上有怨报怨有仇报仇，是不需要证据的。"

"你要敢突破红线，我第一个把你办了。"赵永年咬牙切齿地说。

老马看了半宿宋奇家门口摄像头的视频资料，用更缓慢精细的速度观看祁勇和豆包死的那两天。终于，他在一个几乎微不可见处看到了一点点不一样，那个角度仅出现了不到一秒钟。

祁勇死的当天下午，宋奇像往常一样下班回家，她手上仍然提着买菜的购物袋，在购物袋里，有一个小红点。通过定格放大，老马认出了那个小红点，是洮北香最老一款酒的瓶盖。

那天，宋奇买了酒。

这是一个全新的发现，它说不上是什么证据，却是一个耐人寻味的细节。

老马看了一下手机上的时间，这会儿已经是凌晨两点半了，他犹豫了一下，还是拨通了赵永年的电话。

"永年，你睡了吧？有发现。"

"没事儿，马队，我马上回队里。"

"不急，我问你一个事儿，宋奇喝酒不？"

"这个，我还真不清楚，但是我去过她家里她的房间，没有喝酒的迹象，倒是有咖啡什么的。"

"行，那我心里有数了，你得再睡会儿，接下来真可能还有几天硬仗要打，全指着你呢，兄弟，你扛住了。"

"行吧。"赵永年确实已经快撑不住了，他知道如果不睡更麻烦，但在睡之前，他在纠结要不要问老马一个问题，这会儿因为疲倦控制力差，问题居然脱口而出："马队，今天一见面，董局就暗示我，说你当初是因为犯错误被安排到我们洮北市这破地方的，你犯啥错误了？"

"枪械使用不当，闹市开枪，虽然没有给无辜的人民群众造成伤亡，但影响极为恶劣。"老马在电话那端，沉默了良久，才缓缓地对赵永年说。

赵永年一身冷汗都下来了，想起了一个公安系统内部的传说，老马哪是坐办公室的政工型干部哇，这哥们儿在邻省就是个战神。

29

徐春萍看着儿子一个多钟头前就开始折腾，刮胡子、洗澡、吹头发，衣服换了一件又一件，还把去年过生日时赵永年送他的生日礼物，也是欢迎他加入刑警队的礼物，一瓶外国牌子的香水在身上脸上一通乱喷。

孩子大了，总是要有这么一天的。

昨天下午回来的时候还灰头土脸，说是犯错误了，让领导给打入冷宫了，老赵说情都不好使。

哪承想到了晚上这孩子就在自己卧室蹦跶蹦跶叫了好几嗓子，还出来把没吃的晚饭连同水盆里的四个冻秋梨都给消灭了，也不知那个姑娘咋把这冷宫的炕给烧热了。

"是你林叔给介绍的那个吧？"

"对。"

"这算是成了？"

"在形成足够立案的事实前，一切不做定论。"周策和母亲开了句玩笑说。

"要真成了，可真得谢谢你林叔。"

"必须的，林叔有功必须奖，我回头给他送几条好烟。"

"你呀，也别光顾着乐，昨儿你们大领导不是针对你吧？"

"就是案子多了，他紧张，任何失误都会放大，没事儿，有赵队呢，赵队脾气我知道，臭是臭，但绝对是个好人，不会让人针对我的。"

"嗯，也是，直属上级，又是他把你提到刑警这边的，肯定会照顾你，你昨儿说他受伤，没大事儿？"

"缝了不少针，伤在脸上了，身体肯定是没啥大事，他壮着呢，格斗起码能跟你儿子我打个平手，但脸这事儿吧，啧，反正老婆孩子都有了，他也那么大岁数了，有疤更有性格。"

"唉，幸亏不是你呀，我儿子这脸要缝得跟个鞋底子似的，那就完了，真说不上好媳妇了。"

"放心吧妈，我这就给你说去。"周策说完，又照了照镜子走出了家门。

圆桌派是洮北市今年才开起来的一家西餐厅，就在老市政府广场的那个叫住邦的商业中心底层，那里的比萨吃过的人都说不错。

圆桌派的老板是周策的高中同学傅勇江，他高中毕业后没考上大学，去南方混了几年，虽然没混出什么名堂，却学了一身好厨艺，挣了些钱，又四处拆借了一部分资金，开了这家圆桌派。

开业的时候，周策过来随礼，傅勇江私下里跟他说钱还是不够，问他有没有兴趣投资，周策说自己是公务员，又有个刑警的身份，不方便介入这种商业经营，但可以借他点儿，就从家给他拿了两万。钱虽然还没还上，但这店的生意越来越火，周策心里也有底。

看到周策来，傅勇江很高兴，一听说约了个姑娘，老同学就更开心了，给人家靠窗位置上带孩子吃饭的一个大姐打折换了张桌，让他们能够更好地边吃边聊，还能看风景。

说看风景，其实也就是看看人，闹市能有什么好风景，人来人往好不热闹倒是真的。周策等了将近二十分钟，只见亭亭玉立的宋奇穿着件貂领小皮衣走了过来，一打招呼，宋奇也看到了他。

"那个，我也不知道你爱吃啥，就随便让哥们儿安排了些好吃的。"周策看宋奇坐在自己对面后，摆了摆手，"大江，走菜吧。"

"我减肥，吃东西少。"

"那也得吃呀，你不吃我吃。"

"就想看看你，昨天那事儿，全城都知道了，我们北大街也都在传，怪吓人的。"宋奇面色苍白，瞪着大眼睛上下打量周策说。

"刑警嘛，总会遇上亡命徒，有个杀手趁火警时进医院行凶，队长开枪了，我也冲上去踢了他脑袋一脚，我在警校是踢前锋的，那脚也是抡圆了踢的。当时场面比较乱，再抢救，就

175

晚了。"

"嗯，不用那么拼命，还是要保证自己的安全。"宋奇摆弄着放到她面前的刀叉说。

"敢跟警察负隅顽抗的，都是亡命徒，不拼命哪能行？"周策煞有介事地说。

"北大街也不消停，昨儿死那个是我们胡同的。"

"贠庆生是你们胡同的？你和他熟吗？"周策停止了手上的动作。

"不熟，和我哥好，比我大十多岁，没咋说过话，就是认识。"

"哦，他这案子，动静现在大了去了，刑警队全都扑上去盯上了。既然你认识，我就不能再跟你聊这事儿了。"

"我也不愿意听，就看看你，没事儿就行。"

"我没事儿，说说你吧，在检察院工作有意思不？"

"还行吧，我们那里挺平淡的，也没危险，上班下班还算准时。"

在他们那面落地窗的外面，一块广告牌子下面，一辆银色SUV停在那里，一双眼睛从前窗玻璃里望过来，注视着宋奇的表情和动作，仿佛想要从中读出些什么。

车里人电话响了，听筒那边是小赖的声音："彪子，你在哪儿呢？"

"想我啦？"彪子收回视线，缓缓启动车子。

"我陪老柿子在太平房呢，他想你了，这些哥们儿都来了，就你没来，他挑礼了。"

"那可不行，我不能让他挑我毛病啊，活着的时候是哥们儿，死了一样做兄弟，我这就过去。"

"嗯，抓紧吧，还得找你商量商量殡仪馆那边的安排呢，那边就你熟哇，天天给人家往炼人炉里面送人。"

"再胡说八道哪天我把你送进去。"

鬼子六发现小赖在打电话的时候，一直在眨巴眼睛，他了解小赖，知道小赖有这表情的时候，多数都在犯坏或者琢磨如何犯坏。鬼子六不清楚小赖和彪子之间发生了什么，但小赖的表情让他隐隐有些担心。

"怎么了？"鬼子六忍不住问。

"没什么。"小赖摇头。

"有事儿你就言语，我们还都没死。"

"六哥，我不想你们谁再出事儿了，做兄弟的，唉，总之，你们再不能出事儿了，要不然，我受不了了。"小赖拼命摇头。

彪子来的时候，也站到了小赖身边，小赖不知道第多少次掀开老柿子的尸被，让彪子看看他的脸，自己却注视着彪子的表情。彪子神色悲伤肃穆，嘴角在不停地抽搐。

"你安息吧，杀你的人已经被年糕给毙了。"彪子伸手把尸被蒙上说。

"先别睡，买凶的人还没被逮到呢。"小赖像拍孩子一样轻轻拍了拍老柿子的尸体说。

"怎么？公安局又要有新动作了？"

"这事儿还用年糕出手吗？咱们哥们儿都死绝了吗？你彪哥的经济实力，我小赖的脑袋，二倭瓜有一群小弟，再加上仙儿哥和鬼子六这种人才，在洮北市想找个掏钱也得弄死老柿子的人还找不出来吗？"小赖眨巴眨巴眼睛说。

"我有什么经济实力，你往市中心田晶开的美姿内衣商城门口一站，来来往往全都是几十上百万的车，比咱有钱的人都不显山不露水，现在已经不是谁能称王称霸的时代了，我的傻兄弟。"彪子摇头一叹说。

"哦，那看来彪哥这两年学谦虚了。"

"不谦虚行吗？出头的鸟真挨枪子儿啊。"

"就算有出头鸟替别人挨了枪子儿，老柿子这事儿我也查定了，要不然，死都不敢死，怕到下面没法儿交代。四十年哥们儿，让他这么不明不白地走了，我得多窝囊？"

"你行你就干。"彪哥深深地看了小赖一眼说。

"我不行也得干，需要彪哥支持的时候，你别向后闪。"

"孙子往后闪。"

"行，孙子往后闪。"小赖笑了，但也仅仅是嘴唇向上有了一个不太明显的弧度。

鬼子六看着停尸床旁边亲切说笑的两个人，感觉到一种发自心底的冷，情不自禁地打了一个寒战。

30

老马向赵永年展示了昨晚他的发现，两个人都觉得那天的宋奇拎的白酒透露了一些细节信息，这与北大街系列弓弩案很可能有极大的关联。

虽然从案发时间上来看，宋奇绝无作案的条件，但是她有很大的可能知道一些案件内情。

一切的答案仿佛呼之欲出，但还存在某种导致断链的环节，让他们想不通北大街这三个案子的关系和事情的来龙去脉。

老马决定把所有已知细节和证物再重新捋一遍，要像过筛子一样排除干扰因素，寻找有可能漏过的点。

一系列证物和照片都摆在了刑警队大会议室的办公桌上。

两起弓弩杀人案的箭头、老柿子贠庆生的伤情报告和死亡报告、他的银行卡、豆包程洪亮暗藏在家里的麻将盒、杀手的背景调查以及凶器分析……

老马像个绣花女子一样，几乎贴在了这些证物上，戴着手套一个一个抚摸，嘴里念念有词思考着。

"缺了一个带血的刨锛，多了一个不见血的蝴蝶刀，还有一纸红岩寺的签文，永年，你说签文写的东西靠谱吗？这怎么云山雾罩的？"

"这事儿我也说不好，我不信，豆包程洪亮确实是信的。那签文我背都能背下来了，也问过小赖，他说他也不懂。"

"小赖这小子跟我交代说，他回老家原本是准备写书的，一年了，号称灵感枯竭，我看也不靠谱。"老马想起小赖笑了。

"他？领导，我怕他把你都忽悠了。"

"他所说的事儿，我都通过种种资源调查过了，这小子确实是一个商业间谍，在他们那个行业，叫企业战略信息调查分析员，他早年还注册了一家公司，是战略咨询顾问公司，专门替上市公司调查竞争对手的内幕，账面流动资金很大，现在股份已经全部转让给一个女的了。"

"这倒像是他干的事儿，到哪儿都能惹一身风流债。"

"梦中说得是多财，声名云外总虚来。金木指掌终一败，水火无足路难开。这还是中签呢？这得多悲哀呀。钱是梦里的，名是云里的，败是一定的，路是没有的。我要是程洪亮，求了这么一个签，当场就得崩溃。"

"他？梦里云里也无名无利呀，走哪儿都是一条养儿防老的路，自己肯定没戏了。"赵永年摆手说。

"永年，你说这签会不会不是程洪亮的？"

"那是谁的？"

"一个有名有利，梦里云里的人……"

"你是说……"

"对呀，你看这就能对上了，那个人，我是说那个嫌疑人，求了个签，却在程洪亮手上，他会不会因为这个签说对了什么，一怒之下，对程洪亮用另一个套路下手了？"

"有点儿意思，杀手昨天被我毙了，可如果他昨天以前有一把弓弩呢？"赵永年把之前的弓弩箭头和杀手那把刺死老柿子、也伤了他脸的刀放到了一起。

"不对不对，按咱们之前的信息和线索，那把没现身的弓弩应该是弹弓子宋奎制造的，这么犀利的凶器，宋奎一定会当成宝贝的，再问咱自己一个问题，杀手能拿得到这把弓弩吗？"

"能啊，如果是被这弓弩早前的拥有者送出的或者是卖出的呢？"赵永年把银行卡又摆到了凶器那个堆里。

"这卡是老柿子贠庆生的，他凭什么拿到这笔钱呢？"

"对了，老柿子死之前说的'家……赖……'会不会又是一条线索呢？"

"证据不足是因为证物链有缺失，走，咱们去趟明正胡同，到贠庆生家先看看，然后再问问小赖。"

"我去拿车。"

出去的时候，赵永年才发现，自己和老马已经关在会议室里一天了，从争论到取证，再到进行各种分析。不知不觉，天色已晚。

二人在路上随便吃了口东西，又马不停蹄地赶往明正胡同。

一进明正胡同，就看到老柿子屋子前的雨搭灯开着，整个院子灯火通明，里面有些亲戚朋友在走来走去，大家都没发出什么声音，却仍然喧嚣无比。

　　赵永年把车停到了胡同口，隐约觉得自己忽略了什么，他下车后就开始驻足思考，自己到底忽略了什么呢？老马看赵永年这副表情，没有打扰他，陪他在冷风中站着。

　　赵永年看见胡同里家家户户或亮或昏黄的灯，偶尔出现的鸡鸣犬吠在夜空中声过无痕。

　　"家……赖……"赵永年低声呢喃。

　　突然，他瞳孔放大，这胡同里最不协调的就是有一家一点儿光亮都没有。小赖家，明正胡同132号，那个被他们家老爷子弃置的院子，和夜融在了一起，就在老柿子家三米开外，显得如此突兀。

　　"领导，小赖家，老柿子想说小赖家。"赵永年这会儿顾不上叫大名了。

　　"哪个是小赖家？"

　　"就是胡同里唯一黑着灯，一点儿光亮都没有的院子。"

　　"你闯，我守。"

　　赵永年没多想，借着老柿子院子中泄出来的灯光，在对面院墙墙垛上找了个脚蹬处，轻而易举地翻进了明正胡同132号。

　　这院子已经弃置超过十年了，洮北市地处已经沙漠化的科尔沁草原，一年四季刮大风，院子里被刮得到处都是荒草和杂物，根本没有下脚地方。

赵永年打开手机上的电筒，小心翼翼地在院子里俯低身子四处察看。

他在找什么，就连他自己都不清楚，赵永年就觉得老柿子最后的遗言里一定暗藏玄机，直觉，还是直觉，这种直觉让他既兴奋又忐忑。

和尚不在，庙还在，弃置的一切都还在这里。

这个院子是小赖早已经不再顾及的起点，却每天都出现在老柿子面前，这个院子也是他们俩的童年乐园。

赵永年翻遍了整个院子，除了凌乱，并没有什么新的发现，手机一晃到了窗户那里，窗台上居然有一个清晰的脚印，虽然覆盖着前几天下过的一些雪，但被风吹了数日，脚印仍然依稀可见。

赵永年过去一拉，连一块完整玻璃都没有的窗户居然开了，赵永年抬脚就蹦了进去，落点就是半铺残炕。

赵永年用手机的光冲屋子里到处晃了晃，只见炕边放着一片石棉瓦，踢开石棉瓦，里面有张麻袋片，从麻袋片里露出来的东西像是老人用的拐杖把手。

"马队。系列弓弩杀人案的凶器找到了，你让物证科过来一趟吧。"赵永年转身翻墙而出，对老马说道。

很快，物证科的车就停到了明正胡同口，小赖家的大门被撬开了，数名干警鱼贯而入，开始入院侦查。

明正胡同里那个十几年来晚上没有出现过光源的院子亮了，小赖被带回来的时候，赵永年正带着干警驱赶看热闹的人，看到他后，将他带进屋子见老马。

"这院子闲置多久了？"

"我十二年没回来过了。"小赖看着掉落的墙皮上还贴着那些褪色的墙纸，又想起自己离开前这屋子的模样。

"警方目前已经有足够的证据显示，这就是北大街两起弓弩杀人案的凶器。"老马拎着个证物袋向小赖展示，"物证科已经提取了凶器上的指纹，正赶回局里做指纹对比，不介意陪我们等等结果吧？"

"嗯。"小赖两条浓眉几乎拧到了一起，老马这意思，像是在暗示连他也有嫌疑。

赵永年的电话响了，他对着电话应答了几声，过来附在老马的耳边说了几句话，老马一动不动地听完，微微点了点头。

"你是贠庆生的好哥们儿，知道谁会给他几十万还债吗？"老马问。

"我。"小赖不假思索地说。

"附加动作呢？你凭什么给他几十万？"

"您都说了，我是他的好哥们儿，不需要附加动作。"

"他做出了附加动作，杀了两个人。"

"谁？老柿子？"小赖震惊地问。

"你没有仇人吧？"

"没有。"小赖迟疑了一下说。

"有也不会是祁勇和程洪亮。更不可能给你的好兄弟钱让他去做掉他们。"

"马队，他并不知道负庆生真实的经济情况。"赵永年插话。

"哦，负庆生最近一段时间已知进账三十五万元。进账前后，北大街死了两个人，祁勇和程洪亮，而杀死这两个人的弓弩，"老马又把证物袋提起来，"上面只有负庆生一个人的指纹。"

"老柿子干掉了豆包？"小赖差点儿坐地上。

"从目前的证据来看，是的。"

"另一个已知信息是，最想杀死祁勇的人是弹弓子，或者……最想给弹弓子报仇的人。"赵永年说。

"宋奇。"小赖低声说。

"没有相关证据，猜测和推理不能成为立案依据。"老马清了清嗓子说。

"她好像和彪子没什么关系吧？"

"我有一次在彪子车上闻到了一股熟悉的香水味儿，一直以为是彪子我见过的出轨对象，那天在殡仪馆休息室，宋奇身上有那股香水味儿。"

"你是说他俩……"

"我不知道，但彪子要想干死祁勇，我能想到的唯一可能就是讨宋奇欢心，如果是我，为了讨一个姑娘欢心，也有可能……"

"可能给人家一间公司是吗？"赵永年一看小赖瞬间黯淡的表情就觉得自己的话不太妥当，连忙转回话题，"彪子不会的，他可以舍命，但不会舍财。"

"如果是这样，我还是不理解，他为啥非杀死豆包？"

"这要都清楚了，咱不就明白他的动机了吗？"

老马饶有兴趣地看着这两个发小儿在讨论案情，现在北大街三起案件已经形成了闭环，甚至凶手的狐狸尾巴已经露了出来，只是缺少足够的指控依据形成立案条件。

这会儿让小赖来协助公安机关拽尾巴，将凶手绳之以法，是一步奇招，老马倒想看看，北大街这场复杂而又血腥的内斗，能否在他们这一拨发小儿的内部解决。

"永年，你确实需要一位自己信得着，又能够大力协助你的线人了。"

"我？我还没正式答应走出做线人的这一步呢。"小赖摇头。

"那你可以考虑考虑了，这也是一个用合理合法的方式帮你哥们儿报仇的机会。"老马用充满蛊惑的语气说。

31

凌晨，太平间里只有小赖和老柿子了。

老柿子的父亲去世那天，停尸在家里的一间屋子，当晚亲戚朋友们也都已经走了，只有小赖一个人陪着老柿子，他们俩都很冷，只能靠得很近，那一年，小赖九岁，老柿子十岁。

"是你杀了豆包吗？"小赖呢喃着问了老柿子一句。

回答他的是一张冰凉冰凉的脸，和永远的沉默。

小赖醒来的时候，看见肥猫圆圆蹲在窗台上，清晨的阳光跃过猫的身体洒在他的脸上，一种久违了的暖意在提醒自己，他已经很久没有住进过楼房了。

被子很软，被罩是那种丝绒质感的粉红色。在他身旁，田晶的鼻翼一扇一扇，阳光下，她耳朵上的血管呈现一种清晰的粉红色，这让小赖想起了二十年前，他们初夜那一晚过后的清晨。

小赖轻轻动了下胳膊，田晶就醒了："你才睡了三个小时。"

"那也得去把他送走。"

"我开车。"

"不用，你再休息一会儿吧。"

"担心你的身体。"

"我没事儿，我更担心凶手把事儿闹大了，会牵连你。"

"不怕，只要你在，我啥都不怕。"

小赖把外衣披上，转身按住了田晶，在她额头上轻轻吻了一下，他能感觉到田晶的身体变软了，连忙转身下楼。

凌晨四点多，田晶开车到太平间把已经摇摇欲坠的小赖接回了美姿内衣商城楼上的住处，看着他一头扎在床上就昏睡过去。她躺在他的身边，借着窗外的月光看了这个男人好久，小赖睡觉的时候呼吸仍然很安静。

这让她想到从前，每次小赖喝多睡在她身边时，田晶总会不自觉地去试探他的鼻息，确定他没醉死。

这男人那时候睡熟时乖巧得像个孩子，但醒来后却邪恶得像个魔鬼。

现在魔鬼时隐时现，而孩子的那一面也不知道在哪里消解掉了，除了在得知老柿子被杀的那一会儿彻底崩溃外，现在的小赖处理任何事情都表现得游刃有余。

这还是她爱的那个人吗？田晶不敢去想。

小赖走出门口被冷风一吹，头脑里又在盘旋昨晚的问题：他愿意做赵永年的线人吗？

毫无疑问，他是愿意帮助年糕破案的，但是作为线人，他的配合度就要更高了，甚至去解决很多他不愿意面对的事情。

他的对手不仅是有着重大嫌疑的彪子，还有与彪子有关的诸多人和事。

现在看来，在黑夜里用一把出自弹弓子之手的弓弩干掉祁勇和豆包的就是老柿子了，尽管小赖不肯相信老柿子对豆包扣动了扳机，但事实就是事实，现有的证据已经揭示了这个事实。

再见到老柿子，小赖心中充满了怨怼，恨不得把他拉起来狠狠地打几个耳光："你搞什么呀？"

彪子已经早他一步到达了殡仪馆，彪子仍然和北大街那些穿得土里土气的发小儿不一样，外面是黑色皮衣，里面是白色衬衫，多年来身材保持得依然健硕标准。利落的平头、犀利的眼神、紧抿的嘴唇，顾盼间是一副成功的中年男人不怒而威的严谨状态，俊朗有型。

小赖曾经见过无数这样成功的中年男人，他并不敬畏对方，毕竟在某个领域里，取得什么样的成就并非完全凭借自己的努力与实力而来。所以他走过去，像个走向猛兽的驯兽师，带着防备和戏谑。

"彪哥，来得挺早哇。"

"不早点儿人家再有找关系的，老柿子就排不上头炉了。"

"干啥都得找关系，都得抢个头号，要我说就没这必要，谁还不得死一回呢，抢这有啥意思？"

"有几个像你一样干啥都不按套路出牌的。"彪子给小赖递烟，见小赖摇头，就自己点上了，"听说昨儿晚上年糕带人去搜你家老房子了？"

"说是老柿子在里面放了点儿东西。"小赖若无其事地说。

"啥东西？"彪哥猛吸了口烟，眯起了眼睛。

"我哪知道哇？人家警察也不跟我说，就让我过去签字确认，确保我证实自己十多年没回过那院子了。"

"一会儿完事儿你在这儿吃不？"

"不吃了，我还有事儿呢。"

"那咱俩出去吃口饭？哥想找你唠唠呢，这几天开新店事多，特烦，那帮小子又都不靠谱，连个能好好唠嗑的人都没有。"彪子看着那边小声说话的鬼子六和二傻瓜说。

"不行啊，彪哥，我得回趟胡同，昨晚上把院子整得天翻地覆的，我回去收拾收拾。"

"哦，那行吧，晚上呢？"彪子不甘心地又问了一句。

"晚上我就想去宋婶家蹭一顿呢，多少年没在弹弓子家吃饭了，没想到哇，他妹子现在长这么好看。"小赖眨巴眨巴眼睛。

"嗬，你这花花肠子倒不少，居然连弹弓子的妹妹都惦记上了。"彪子开始有些不自然，"我过去看看，好像可以登记了。"

小赖和韩小梅的弟弟一起把老柿子的骨灰用一个铁撮子端出来，放到室外的冷却台上，等它变凉，再一颗一块地拣出老柿子残存于这个世界的痕迹，牙齿、结石、头盖骨……

做这一切的时候，小赖不恐惧也不悲伤，认真得像个在森林中寻找宝藏的孩子。如果老柿子真的有灵魂飘荡在上空，小赖希望他能借用冥冥中的慧眼看透自己的想法，人们总得为他做过的事付出代价，无论好坏，都是因果。

这些发小儿分别乘坐不同的车子离开殡仪馆后，小赖才感觉到难过，他们的情义，原来早已经在岁月里分崩离析。

童年结束了。

再也回不去了，那个北大街，再也回不去了。

昨天晚上，赵永年带一组人连夜赶往幸福乡，找到了老柿子平时往农村送货的那辆小货车，经过物证科检测，在小货车的后斗里发现了几滴未清理彻底的血迹，属于豆包程洪亮。

铁证如山，在遇袭前，老柿子就是那个游荡在北大街寒夜中的凶手，是他在干掉了祁勇三天后，将豆包射杀，并且将其抛尸乱葬岗。

像是怕豆包冷，老柿子在最后时刻还帮豆包把羽绒服的拉锁提到了最上方。

脸上的伤在洗脸的时候有点儿费劲，郑娜帮赵永年把毛巾递过来，他一边小心翼翼地蹭着水迹，一边带着深深的歉意看着她。

郑娜摇头笑了笑，老夫老妻了，好像也不用过分矫情，毕竟睡觉的时候不能转头，赵永年已经整夜都冲着她那边了。

正想开个玩笑缓解一下尴尬的气氛，电话响了，是小赖打来的。

"年糕，我想明白了，我要做你的线人。"

"不是我的线人，是警方的线人。"

"我不想绕来绕去，我就认你。"小赖说完就挂了电话。

"怎么还多出来个线人？"郑娜把毛巾叠放好随口问，虽然赵永年没和她聊过案情，但她知道赵永年至少已经锁定杀豆包的凶手了，否则依他的性格，宁可脸被压烂也不肯面对自己睡觉，所以这会儿郑娜心情很好，多了句话。

"还不是小赖这个奇葩，老马建议让小赖作为线人来帮助我彻查案件始末，缉拿幕后的黑手。"

"那不挺好？你们哥们儿从小就在一起打打杀杀地胡混。"郑娜去给赵永年拿外出穿的衣服。

"好啥好，现在的小赖可不是当年的小赖，他是……唉，算了，说了你也不懂。"

"对对对，就你厉害行了吧。"郑娜捶了他一下。

"对了，你多注意注意田晶吧，现在的小赖可真不是她能降得住的了。"

"我操那个心干啥？她降不住小赖也不是一天两天的事儿了，这三十多年都让那个浑蛋折磨得要死要活的，啥人啥命。"

"也是。"赵永年又想起了豆包，推门走出了家。

32

老马和赵永年都觉得有必须彻底调查一下弹弓子的妹妹，那个在检察院工作的小丫头宋奇。

宋奇与整个案件有着密不可分的关系，这把弓弩的出现，直接有力地证实了弹弓子宋奎就是凶器的制造者，因为宋奎做出来的所有东西，都有一个"丫"字的弹弓子造型，那是小赖当年帮他一起设计的图标。

在如何接近调查宋奇这件事上，老马和赵永年产生了分歧。

赵永年的想法是直扑过去，传唤宋奇，然后带到刑警队先突审一下，看看她的反应，能交代最好，交代不了，也要震慑一下她的心理，给这丫头一些真实可见的压力，再一步一步突破心防。

老马不这么看，他觉得现在先拿人后取证已经不能成为公安机关办案的主要手段了。警方如果不能组织证据，将犯罪嫌疑人依法钉死在可控范围内，事情的发展就将不可控。

两个人在老马办公室里吵得不亦乐乎，最后达成一致的方案：先去检察院实地调查，和宋奇做一次非正式的正面接触，如果她有反应，或者哪怕露出一丝马脚，迅速应变，将其控制。

两个人在这一轮案情讨论和争执中，谁都没有再提起过许洪彪这个人，但他们都很清楚，突破了宋奇，就有可能打破许洪彪的壁垒。宋奇和许洪彪就像两只蚂蚱，中间有一根无形的绳子。

老马和赵永年到检察院一打听，才知道宋奇请事假了，说要送母亲去一趟白城。这个情况太突然了，赵永年正要往外走，准备上路追，却被老马拽住上了楼。

老马找到检察院的领导，说想借阅一下宋奇那间接访室的监控视频，对方领导同意了，但在未有确实证据表明接访室工作人员存在渎职行为的前提下，不允许他们将监控视频带出监控室。

结果果然是大有收获，在检察院接访室的视频资料里，老马和赵永年没发现彪子，却发现了北大街这一系列杀人案中一名死者的身影，他的少年好友，豆包程洪亮。

豆包在视频播放的第一阶段就已经出现，正如之前宋奇无意间对赵永年所说，单位的监控摄像头资料存储周期和家里的监控摄像头资料存储周期一样，都是一个月，然后会被覆盖取代。

也就是说，如果他们晚来一天，就看不到程洪亮到访的记录了。

当天豆包来到检察院的接访大厅，接待他的正是宋奇。

宋奇显然和豆包很熟，两个人聊了很久，后来，豆包拿出一小包东西交给宋奇，接着又比比画画地像是做了番解释才放心离开。

豆包走后，宋奇显然思考了很久，她变得很焦虑，坐立不安，仿佛在纠结什么事情。下班的时候，宋奇撕掉了接访单上当天仅有的一张接访登记才匆忙离开。

"这可是实证了吧？"赵永年兴奋地指着屏幕对老马说。

"实证。"

可以动宋奇了，视频虽然没有声音，但无论豆包和她说过什么，给过什么，都是这一系列案件的导火索。

赵永年和老马请示过双方领导后，由检察院的通信人员给宋奇打电话，就说单位临时有事，需要她必须马上到岗，以降低抓捕成本，增加抓捕成功概率。

宋奇在电话那端说自己正在从白城往回走的路上，大约在半个小时内赶到单位。与此同时，刑警队已经在检察院原地办好了批准逮捕的相关手续，并且布置下人手，只要宋奇出现，就将对其实施控制。

宋奇没有说谎，这几天母亲因为北大街的一些风波一直都挺上火，特别是老柿子贠庆生也死了，他是弹弓子宋奎最好的朋友，当年和小赖他们三个天天守在宋家，算是宋婶养大的孩子。

昨晚小赖家又进了一帮子警察闹闹哄哄到半夜，宋婶几乎一夜没睡，宋奇看实在不行，和老舅通了个电话，今天一早起来就请假把老太太送到了白城，此刻正在往回返的路上。

单位倒是经常会有一些临时性的事务型工作，宋奇也没多想，在大巴车上眯着眼睛半睡半醒，琢磨着到了洮北市先打个车回单位。

此时电话又响了起来，宋奇一看，是周策打来的。

"你，没事儿吧？"

"没事儿啊，上我老舅家才回来。坐车呢，差点儿睡着了。"宋奇仰脸看窗外，已经进入洮北市境内了，再过一座立交桥，就差不多到站了。

"没事儿就好，我刚回队里交报告，哥们儿都往检察院跑，还想着提醒你别看热闹呢，刑警全员出动，肯定是大案。"周策担心地说。

"哦。"宋奇坐在车内如遭雷击。

"我妈想让你去我家吃顿饭，这几天哪天都行。"

"那个，我下车。"宋奇慌乱无措地站起来对司机说。

周策看着断了信号的手机，摇摇头又笑了，无论如何，他内心都觉得自己非这姑娘不可了，哪怕是较劲，也得跟她黏下去。

宋奇下车后，才发现自己下得太早了，还没过立交桥，这属于东郊绕城公路的一部分，一辆出租车都没有。

宋奇给彪子打电话，第一遍打过去是无人接听，第二遍打过去是占线稍候，第三遍打过去就干脆是关机了。

冷风中电话听筒里冰冷的电子模拟音让宋奇冷静了不少，路在脚下，仿佛无穷无尽，她想了想，仿佛横下了心，加快了速度往前小步疾行，不停地在风中摇摆的手终于有了回音，一辆出租车停在了她的身前。

　　车上除了司机外，还有另外一个高大的男子，宋奇上了车，对方嘿嘿一笑。

　　"看什么看？师傅去北大街，先送我。"宋奇揉了揉被冻红的脸蛋，肆无忌惮地说。

33

　　小赖正在北大街的院子里拾掇着，仙儿哥和鬼子六在白事宴上也都没心情吃喝，开车把韩小梅和老柿子的女儿带回了家。看小赖自己在院子里忙乎，也都进院子里帮忙。

　　坐下来休息抽烟的时候，鬼子六突然问小赖："你和彪子什么情况？"

　　"什么什么情况？"

　　"你俩这两天可都在较劲，别人看不出来，咱认识一辈子了，我还看不出来吗？"

　　"较啥劲？"仙儿哥把手头的东西放下凑过来问。

　　"没你啥事儿。"

　　"那我还不能听听啊？"

　　"六哥，我要和彪子干仗，你帮谁呀？"

　　"那还用说吗？肯定帮你呀，彪子这些年发家也没照顾过兄弟呀，豆包和老柿子到死才借上他光，我没打算死呢。"

　　"嗯，你能活一千年。"

　　"我呀，要比命长，真有可能跟他拼一下。"

"先说为啥。"

"不为啥，瞅他不顺眼。"

"干就完了。"仙儿哥又过来插话。

"六哥，咱俩先把仙儿干了吧。"

"我看行。"鬼子六表面虽然坏笑，但他知道小赖说的话是认真的。

宋奇回来的时候就见这三个人正在小赖家已经寂静多年的院子里相互追着奔跑厮打，她搞不明白，数米之隔的老柿子家里刚刚死了一个他们视若亲兄弟的哥们儿，为什么这些人还有心情嬉闹。

两年前，她哥哥宋奎死的时候，这些人也是一离开殡仪馆就好像再也没什么记挂和思念了，曾经他们之间的关系那么好，却很少为逝去的朋友悲伤。

有时候她真的很想让哥哥回来看看，自己掏心掏肺交的都是一些什么人。

"小奇回来了？"小赖看到了院前经过、一脸怨念地看着他们的宋奇，眨巴眨巴眼睛打了个招呼。

"嗯，回来拿点儿东西还得出去呢。"

"我还说正好晚上去你家蹭饭呢，宋婶做的带鱼我最爱吃了。"

"我妈上白城了，这些日子不回来。"

"哦？"小赖点了点头，看着宋奇走进她家的院子。

仙儿哥和鬼子六同时见证了笑容在宋奇进院后从小赖的脸

上瞬间消失，他仿佛变了一个人，紧抿着嘴唇不知道在想什么。

"人都进院儿了，你还瞅啥？还想跟进去咋的？"仙儿哥踹了小赖一脚。

"别闹。"小赖掏出电话给赵永年打了过去，"年糕，宋奇把她妈送走了，说拿点儿东西她也要走，什么情况？"

"什么？这都惊了？豆包死前找过她，宋奇拿了豆包的东西。我在检察院等着她呢，你看着点儿她往哪儿走，随时沟通，我们这就过去。"

"有证据了？那我把她稳住。"

"小赖你别轻举妄动，她可是弹弓子的妹子，家里说不定还有啥稀奇古怪的东西呢，老宋家门头上就有摄像头，进院子都得靠她操作。"

"没事儿，我有招儿。"小赖说完挂了电话。

"咋的了？"鬼子六问。

"没事儿，你们先在这院儿待着，我去趟老宋家。"

没等这俩哥们儿反应过来，小赖已经走出自家院门，来到了老宋家门前。在门口，小赖一抬头，果然发现了摄像头，他咧嘴一笑，冲着摄像头摆了摆手。

"开门哪老妹儿。"

"哥，你有啥事儿吗？"传声器里传来宋奇的声音。

"刚才我突然想起来，前几天做梦梦到弹弓子了，他说我拿了你家一根黑铁棍子，必须还点儿啥东西，要不然就找我麻烦。"

"小赖哥你还挺迷信哪？"宋奇在传声器里哼了一声。

"哎呀，在那边排行，弹弓子成老大了，我是宁可信其有不可信其无哇，你要不给我开门，我再梦见他，就说你不听他话，让他托个梦也找你唠唠。"

"哦，门开了，你进来吧。"

小赖轻轻一推，门果然开了。他进屋后直接就奔宋奇住的大屋去了，只见一个大旅行箱打开在小炕上，里面凌乱地扔了一些衣物，宋奇手上拿着个小手包，神情紧张地上下打量着他。

"还别说，这小屋收拾得挺利索，女孩子毕竟是女孩子，爱干净又爱漂亮。"小赖过去居然自顾自地启动咖啡壶开始煮咖啡。

"你要放东西就赶紧放吧，我这儿等着赶车呢。"

"去哪儿？"

"上趟省城参加我同学婚礼。"

"那东西带这么多？不像是参加婚礼，像是要私奔。"

"你是不是有病？"宋奇不悦地板起了脸。

"怕是真有病了，你看这手，多长时间都没好，都快破伤风了。"小赖嬉皮笑脸地把右手向宋奇伸了过去让她看。

宋奇像被电了一样，突然往后退了两步，从小手包里掏出一把仿制式手枪对准了小赖："你别动！"

"你你你……你疯了？你哥咋出的事儿你不知道吗？"小

赖一看枪，脸色突变，表情痛苦地蹲到了地上。这会儿他是真的想把弹弓子也拉出来打个耳光，小赖没料到弹弓子后来不但制造了一把杀伤力极大的弓弩，又变本加厉地制造出了枪械。

"这里面有两发子弹，是我哥留给祁勇和他自己的，祁勇抢了他，打了他，还出卖了他。"宋奇嘴唇颤抖着说，"你再动，这两颗子弹就归你和我。"

"你哥就是个蠢货，当初他枪被祁勇抢去的时候，要是听我劝，老老实实投案自首，跟警察交代清楚，何苦受那么多年的罪？"

"我哥不蠢。"宋奇尖叫。

"你哥有手艺，出来就不应该待在北大街，甚至不应该守着洮北市这一亩三分地，在外面学点儿机械技术，到哪儿都是一等一的好手。还有你，你有机会跳出去的，世界那么大，为啥偏偏回来钻这穷窝子，搅和那些陈谷子烂芝麻的事儿呢？"小赖坐到了炕沿上，像是极其疲惫。

"祁勇害了我哥一辈子，我哥临死还在等他出狱，就是想亲手杀了他。我哥做不到的事情，我帮他做了。因为他不仅是我哥，还是我的偶像。"

"我明白了，你和彪子有一腿，是你让彪子花钱雇老柿子干死了祁勇，那豆包呢？豆包怎么惹你了？"小赖猛然抬头，紧盯着仍举着枪颤抖的宋奇问。

"你嘴里少不干不净的，我和彪子根本没那回事儿，要不

202

是想让他帮我哥报仇，我都不会和他说话。"

小赖看到梳妆台上放着的那台 iPad 即时显示着门外的信息，仙儿哥和鬼子六不清楚里面发生了什么，俩人在门口交头接耳，嘀嘀咕咕。赵永年来到了门前，不知道和他俩说了什么，然后赵永年相当警觉地把他俩赶出了摄像头取像范围，开始敲门。

"年糕你等会儿，我和咱妹有点儿事得掰扯掰扯，你别为了看热闹又发脾气来硬的，咱妹手里可有弹弓子给她留的玩具，biubiubiu，知道吗？"小赖走到 iPad 终端那里按动了通话按钮。

"哦，行，那你俩先唠吧，我上你那院看看你收拾得咋样了。"赵永年收到了小赖的信息，点点头说。

"你们别装了，我知道外面还有挺多警察，我跑不了了，那小赖哥对不起了，你也回不去陪那个姐姐了。"宋奇举枪瞄准小赖。

"等会儿等会儿，我留句话。其实我一直都有个秘密，之前没和别人说过，只有豆包知道，现在我想跟你，也跟年糕他们说一下，这样心里好受点儿，毕竟骗了大伙儿这么多年。"小赖垂眼看她，心里仿佛充满了忏悔之意。

"行，你是我哥最好的哥们儿，我让你说完。"

"有一年哪，豆包戒赌，把自己手指头两根嘎巴嘎巴都撅断了，特别丧，成天闷闷不乐，我就跟他说，你别这个熊样，一老爷们儿，没只手还不能活了？"

小赖目光迷离，仿佛陷入了回忆，宋奇在听他说当年的兄弟时，也觉得他的悲伤是真的，就更想知道这是个什么秘密了。

小赖再抬头时，突然眼神犀利无比地盯着她，速度奇快地伸出左手，把她双手握着的枪压在了书桌上，宋奇使尽全身力气也没挣开小赖的左手。

"然后我就跟他一起练了两年左手，我不是左撇子，但左手和右手一样有劲，一样灵巧，一样能干很多事儿。"说着小赖把宋奇压在了身下。

"屋里什么情况？"赵永年通过传声器听到了屋子里的对话和响动，却什么也看不见。

"进来吧，咱妹妹现在老实了。"

"你这个骗子，你不是人……"宋奇又哭又叫地踢踹着小赖。

仙儿哥和鬼子六看着赵永年和几个警察进去把宋奇带了出来，小赖跟在他们身后，赖赖唧唧一副没正形的样子。

一辆警车带着宋奇回刑警队了，小赖走到老马和赵永年的车前，突然止步，"我不去了。"

"你是她劫持的人质，怎么能不去呢？"

"她没有劫持人质呀。"小赖眨巴眨巴眼睛，"我来串门，刚唠几句，你进屋就把她给逮了。"

"你俩在屋的时候，明明是……"

"永年，听听当事人的意见吧。"

"年糕，听听领导的意见吧。我要让她个小丫头给劫持，以后在北大街可真就不用混了。"

34

彪子的车在进省城的高速收费站被拦了下来，一排警察已经等在那里好久了，看到是他都打起了精神。

"什么情况？"彪子从车上下来看到警察并没有过度慌张。

"你是许洪彪吧？"一个警察问。

"对。我咋的了？"

"请配合公安机关调查，你先接个电话。"警察把电话拨通后交给了彪子。

"彪子，你电话咋不通呢？"

"赵队，手机没电了，我来省城办点儿事儿，咋还这么兴师动众围追堵截的？不知道的不得寻思我犯啥大案了呢？"

"这不是联系不上你吗？我这儿还真有个大案，需要你配合了解一下情况，刚才给董局请来了，董局就说有可能你手机没电了，找不着，我得找哇，你别再像豆包似的，失踪后人就挂了。"

"老爷子你都找去了？那可真是动静不小了。"

"行了，不闹了，我让省城的几个兄弟帮我把你送回来吧，咱回来唠。"赵永年挂上电话，笑容就消失了。

由老马作陪一直在刑警队会客室里的董局倒是始终挂着一张笑脸，对警方提供的指控材料矢口否认，还饶有兴趣地欣赏着这间会客室的变化，主动和老马攀谈。

"这屋以前都是我规划的，那几个大沙发都拿走了？对，就是不能浪费，老东西有老东西的用处，哪怕到了新环境，也会发挥余热。"董局这算是真的回到了主场，谈笑风生。

"董局，我们请您老来，可绝非只是故地重游这么简单，刚刚您说我们在开玩笑，但这次我们真没开玩笑，永年在那屋审着北大街那小姑娘呢。要不，您看看视频？"老马把连接审讯室监控器的 iPad 递给董局。

"哎呀不用看，你就让她过来看看我，要真像你们说的，她有我和许洪彪商量违法行贿的证据，她总得当面指认我吧？我还会对她一个已经被公安机关掌控的犯罪嫌疑人打击报复吗？八字还没一撇呢，你们这些懒家伙就想定成铁案？有法律在，我个人不和你们计较，但案不能这么办，你去吧，我等她来认人。"董局大手一挥，不接 iPad。

老马从会客室起身来到了审讯室，把赵永年拽了出来，俩人一对视，赵永年知道老马这次踢到铁板上了。

"这孩子看过程洪亮交给她的视频资料吗？"

"没有，所有证据，书面和影音资料都是直接就给许洪彪了。"

"这两兄妹这么单纯，犯哪门子罪呢？这下麻烦了，董局说让她来指认自己，我这儿没法收场了。"

"当时就急着按彪子，所以把董局也给带过来了，这事儿是咱俩决定的，你不用管，我去收场。"赵永年就要往会客室走。

"你咋收场？要是没实际证据，许洪彪咱都不能生按，要不然咱俩可就真的出大丑了。"

"还能咋整？总不至于让他跑了吧？马队你先别管了，接着审宋奇，把她先榨干，一个一个解决，我这就去负荆请罪。"

宋奇被从北大街带回来后，第一时间就关进审讯室突审。

事已至此，宋奇并没有顽抗，而是交代了与自己有关的所有犯罪事实。

一个月以前，豆包去检察院举报许洪彪，宋奇是他的接访员，两个人认识，基于对哥们儿妹妹的信任，豆包就把举报内容透露给了宋奇。

豆包买了丽水新城的房子后，其他住户一直都在闹，他没有闹，觉得这房子楼层好，配套齐全，价格也便宜，自己算是赚到了。其他住户觉得二药厂排污的臭水沟天天往外涌是不能接受的。

豆包是在北大街出生的，他这辈子净闻着胡同后面毛纺厂的排污渠臭水了，那条火碱沟也一直没消停过，所以豆包觉得他能忍。

谁承想，九月底的时候，豆包去了一趟新家那边，一开门自己差点儿臭晕过去，简直就是包围在一地煮开了的臭鸡蛋里，避无可避。

豆包原本一气之下也想跟开发商闹，但他知道二药厂是自己发小儿彪子控股的企业，就寻思着去找彪子商量商量，能不能少排点儿污。

彪子倒是对他挺客气，还带他去参观了自己的药厂排污口，拿出了排污标准的批文——和他解释，豆包觉得，是不是自己当天有问题，彪子这儿也没过分哪。

这事儿要说这样过去，也就过去了，最多豆包回家再憋闷几天就完了，哪承想，这个迷信的家伙，每年秋天趁国庆都会去邻省传说中很灵的红岩寺求签许愿。

红岩寺豆包很熟悉，由于他二十多年都坚持过来，经历了从香火冷清到青烟满山的整个过程，作为老信徒，豆包和当地人都处成了朋友，每次到了那里跟探亲访友一样，寺院里也随便走动。

某一天，他在寺内贵宾禅房里看到了一个熟悉的身影，彪子带着他岳父董局和一个领导来到红岩寺求签许愿，豆包看有外人，就没过去打招呼，却从他们的交谈听到了一个惊人的信息。

彪子几年前通过岳父的引见，重金买通了这位环保部门领导，洮北市二药厂的制药车间一直都有两个排污口，明暗两个管道同时启动的时候，排污量远超国家标准。

豆包听了个开头就多了心眼开始用手机记录，录下了这三个人后面大部分交谈内容，包括很多违法乱纪的事实，并且偷走了彪子当天求到的签文。

从红岩寺回来后，豆包也没声张，却进行了一番秘密调查，他核实到彪子他们所说的绝非虚言，二药厂制药车间确实存在两个排污管道。

这激怒了豆包，他觉得这是在祸害他儿子，要真搬过来，这里的污水比北大街的火碱沟伤害性可霸道多了。

豆包去找彪子理论，彪子急了，他不知道豆包手上真有证据，也忘了这货是个黏性子，让他爱哪儿告哪儿告，两人彻底翻了脸。

豆包打听了一下，知道了去检察院举报对整治公务员贪腐行为非常有效，他一想，董局曾经是公务员，而接受了彪子贿赂的那些环保部门领导也在体制内，于是就去了检察院的接访室，并在那里见到了宋奇。

这一年来天天苦于没能力在保证自己安全的情况下找祁勇报仇的宋奇听完了豆包的举报，又捏着彪子和他岳父的违法证据，心中一个闪念，就想出了借彪子的实力去干掉祁勇的计策。

于是宋奇找到了彪子，先给了他一部分书面证据，用来换取祁勇的命，如果成功，再交付所有。她如愿以偿了，书面证据一到手，祁勇就死了。而宋奇也没含糊，把余下的证据都给了彪子。

交出所有证据前，宋奇问过彪子，会拿豆包怎么办。彪子说，毕竟都是哥们儿，他会给豆包一大笔钱，让这小子滚得远远的。几天后，豆包失踪的消息就传遍了北大街。

可哪承想，豆包的尸体被发现了，案子越来越大。

此时彪子终于露出了狰狞面目，警告她以后再也不能打听这桩案子了，更不要和自己联系了。

至于那把弓弩，宋奇一直不知道哥哥做过，据她的判断，应该是弹弓子私底下送给老柿子的。因为宋奎在临死时说，在他心里，除了家人，最重要的两个朋友就是小赖和老柿子。

初轮审讯完成后，赵永年和老马就开始行动去找彪子，结果他已经上路去了省城，为了防止董局也离开洮北市，只好把他从家中请到了刑警队，现在却又因为证据不足，案件进入了新一轮的胶着。

赵永年跟董局好说歹说，给董局赔了半天不是，才把他送出了刑警队的大门。

董局倒是也没为难他，仍然是一副义正词严的样子，要他抓紧找实证定案，自己全力配合，并且指示他，彪子回来不用回家，直接来刑警队突审，如果有证据显示他有事，自己绝不袒护。

没有赵永年送许洪彪，自己不会让这个女婿再进家门。

在往楼里走的时候，电话响了，赵永年接起来，那边传来周策低沉的声音："赵队，我听说……"

"你听说的事儿太多了，传出去的事儿也太多了。刑警队，甚至公安机关，都容不下你了，换个工作吧，你不适合干刑警。"

"赵队，我错了……"听得出来，周策在电话那端哭了。

"有些事，不是认错就能解决的了，你毕竟不是孩子了。"赵永年悲从中来，挂上电话后，为失去了这样一个棒小伙儿扼腕痛心，但周策犯下的错误，他爱莫能助。

35

　　彪子被省城公安带到洮北市公安局刑警队的时候已经临近凌晨了，他打着哈欠和赵永年打招呼，老马看着他一副若无其事的样子，皱起了眉头，这又是一个难搞的北大街人。

　　"老爷子呢？平时这点儿可早都睡了。"彪子在上楼的时候左顾右盼。

　　"我已经请董局回去了，北大街那案子，有了一些突破性进展，但在嫌疑人的供述中有对你们爷儿俩的指控，我们必须展开调查。"

　　"谁呀？这不是疯狗吗？瞎咬。"彪子瞪大了眼睛。

　　彪子一进审讯室，赵永年刚要跟进去就被老马拉住了。

　　"进去随便问几句就放他走吧，没证据，现在情况对咱们公安机关非常不利。"

　　"可是，宋奇接到的豆包检举资料，一定是给了他的，正因为这个北大街才死了三个人。"

　　"他给宋奇打收条了吗？北大街三条人命，加上个杀手，四条人命，他怎么可能承认？"

"这小子妥妥的是一号犯罪嫌疑人，要不然咱一逮宋奇他跑啥？宋奇最后一个电话为啥打给他？"

"他跑是因为他第一反应慌了，但这都不是铁证，你别急，案子现在结不了。"老马摸了摸下巴。

"那咋整？就放他走，万一他出去再惹祸呢？"

"许洪彪行凶的目的是为了保财，他不是没头脑的狂热暴力分子。这事儿，是咱们急了。"

"好吧。"赵永年不甘心地点了点头。

"要钓大鱼还真得放长线。"

"旁证都是死口，就得看他本人啥时候能有漏洞松口了。"

"也不一定，你不是有个线人嘛，线人的主要任务就是搜证举证，让小赖想想办法。"

"他？我就怕他成事不足败事有余。"

"永年，你要相信你的线人，这种事情，或许你的经验少，但是对我来说，就是血的教训。"

"马队……"

"总之，相信你的线人，他能给你带来意想不到的收获。何况小赖又是个不按套路出牌的邪行人，很可能会有惊喜。"

小赖在宋奇被带走后，就觉得自己卸下了线人的包袱，有了宋奇，赵永年就已经接近真相了，后面都是警察的事儿了。所以他和仙儿哥又窝到了鬼子六家开的铁锅炖吃杂鱼。

面对鬼子六和仙儿哥的百般探问，小赖是一问三不知，只说今天就是进去想和宋奇唠两句弹弓子的往事，结果年糕来了就把她给逮了，其他事情自己不知道。

鬼子六心里跟明镜似的，小赖这种嬉皮笑脸、赖赖唧唧的样子，就是他心里有事儿刚刚解脱，而且肯定和北大街案件有关，只是他不想说的话，自己咋问都没用。

仙儿哥不像鬼子六一样精，还问："你真要和彪子干架呀？"

"哪儿能啊？都是哥们儿，我开玩笑的。"小赖眨巴眨巴眼睛，把电话掏出来给田晶打电话："你来不来吃鱼？"

"不吃，有刺。"

"我给你挑刺。"

"你又想骗我点儿啥？咋会对我这么好？"田晶非常警惕。

"你有啥怕被我骗的？"小赖乐了。

"在哪儿吃？"

"北大街路口，鬼子六家开的铁锅炖。"

"穷鬼，你就离不开北大街了，等着。"

看小赖挂上电话后，鬼子六也学他想套路一下，眨巴眨巴眼睛："你和彪子这一架，真不干了？"

"不干了，哈哈，我想打都打不着他，过几天你就知道了。"小赖一笑露出了久违的梨窝。

"那你不喝点儿啊？"仙儿哥给他倒了杯碳酸饮料。

"必须的必。"小赖把饮料一口饮尽，碳酸带来的灼痛感在嘴里炸裂，又瞬间入喉入腹，激起了一个饱嗝儿。

田晶到的时候，鬼子六和仙儿哥都已经喝醉了，一个脸色煞白地嘿嘿阴笑，一个满脸通红地胡言乱语。只有小赖笑眯眯暗戳戳地在他俩中间犯坏，一会儿给这个夹块辣椒，一会儿帮那个挤点儿芥末。

　　老板娘薛珍珠在田晶来后，把门关了，给田晶也倒了杯酒。

　　"还真没看过小赖带哪个女的一起吃过饭，以为他只有哥们儿呢。"薛珍珠显然对田晶十分好奇。

　　"他心里确实只有哥们儿。"田晶难得看到别人醉的时候小赖居然醒着，踢了他一脚说。

　　"吃鱼，找你来就是吃鱼。"小赖把一块鱼的鱼刺去了，夹到了田晶碗里说。

　　"你今儿咋这么高兴？"

　　"也不是高兴吧，解脱，尘归尘土归土，有缘就都下辈子见，实在没缘，这辈子我也算对得起他们了。"

　　"那你必须再喝一个。"仙儿哥给小赖倒白酒。

　　"我帮他喝了。"田晶一仰脖就干了一杯。

　　"能喝能喝，田老板厉害。"鬼子六一挑大拇指。

　　"没看出来呀？"小赖眯着眼睛看田晶。

　　"你没看出来的事儿多了。"田晶翻了个白眼。

　　几个人走出铁锅炖的时候已经很晚了，仙儿哥胡乱要给小赖塞他家钥匙，被鬼子六和薛珍珠给强行架走了。田晶靠在小赖的肩膀上，看着满天的寒星在路口等车。

"你咋这么能喝呢？"

"我酒量一直都挺好，只是从来都没让你知道。"

"还有啥秘密我不知道？"

"那可就不能说了，都说了，你又该欺负我了。"

"咱们再往前走走吧，这边真不好等车。"

"走就走，怕你呀？只要你不跑了，我陪你走到死都行。"
田晶的声音变得柔软又多情。

小赖和田晶小心翼翼地走在冰雪路面，两个人谁都没再说话，他们的话题本就不多，时过境迁，心知肚明，沉默而又不尴尬，是奢侈的。

到了美姿内衣商城楼上，小赖还没来得及去逗逗那只叫圆圆的肥猫，就已经被田晶推到了床上。

"你等会儿。"小赖说。

"等不了了，再等你就老了。"田晶抱着他说。

"电话电话，年糕电话。"小赖掏出了振动的手机说。

"让他去死。"田晶把小赖手机抢过来扔到了猫窝里。

不知道过了多久，一切终于风平浪静，田晶把潮红的半张脸埋在被子里，露出双大眼睛偷偷打量着靠在床头坏笑的小赖。

"你学坏了。"小赖说。

"浑蛋。"田晶说完又把脸蒙上了。

小赖把手机捡回来，发现在刚才这段时间里，赵永年居然打了四个电话。现在已经是凌晨了，不知道还有什么事儿，他靠在床上，懒洋洋地回拨过去。

"你咋不接电话呢？"

"在田晶这边。"小赖冲田晶眨巴眨巴眼睛说。

"彪子让我们给放了，没证据，都是死口，宋奇的一面之词不能成为对彪子立案的依据。"

"那你们就放了他？惯着他逍遥法外？"小赖坐直了身子。

"不然呢？除了他当场行凶我可以当场执法。他有嫌疑我就只能调查取证，办案都是有程序的。"

"我白高兴一场了，他就是幕后真凶，这不是明摆着的事儿吗？"小赖张嘴接过一支田晶点燃递到他嘴边的烟。

"我们也没放弃呀，盯着他，甚至挤压他。这是重大系列人命案，不是铁证绝对不能拍板。想想办法吧，再找找切实有力的证据，否则还是白忙活。"

田晶看小赖挂上电话仍然是一脸凝重，没敢作声，只在旁边静静地看着，时不时拨拉一下想凑到小赖身边去的猫。

小赖抽没了一整包烟，翻身上床，很快就没了声息，也不知道有没有真正入睡。

天一亮，田晶起来去楼下开店营业，服务员也都来了，把店面都清洁整理好后，田晶去街对面胡同里的早餐店买回了几个肉包子，怕打扰到仍在睡觉的小赖，蹑手蹑脚地上了楼。在门口，就听到小赖在打电话。

"你就把东西送到这个机场好了，其他的别问了……我们

216

已经分手了，这不关你的事。"

田晶站在门口想了半天，转身下楼，把手里的几个肉包子都喂给了隔壁宠物美容院养的一只大狼狗。

在楼上的小赖，此刻心中无限感伤。

归乡一年多来，这是他第一次主动联系外面世界，为了干掉他的少年兄弟，小赖打破了为自缚而作的茧。

36

　　彪子下午接到小赖的电话，当时他正像没事儿人一样，在洮北大药房的光明街店盯进铺货进展方面的事情。

　　"咋了兄弟，有空陪我吃饭了？"

　　"没，彪哥我想问你个事儿。"

　　"说，啥事儿？"

　　"是不是你杀了豆包和老柿子？"

　　"你胡说八道些什么呢？"

　　"哥，有这事儿没有？"

　　"别听别人瞎传哈，警察都没给我定罪，你跑过来让我承认我对咱哥们儿下手，这合适吗？"

　　"有啥不合适的？我就想听你句实话，能跟老弟说说不？"

　　"滚！给你惯的，我跟你说不着！"

　　"怒了？那我知道了，彪哥，你决定杀豆包和老柿子的时候，就没想过我同意不？"

　　"别胡搅蛮缠，你想干吗直说，我奉陪到底。"

　　"不想干吗，嘿嘿。"小赖说完就把电话挂了，他看到鬼子六的车正缓缓向他驶来。

鬼子六看着小赖上车后嘴唇紧抿，完全没了昨晚吃饭时轻松愉悦的样子，就知道又出事儿了。

"你要去机场干啥？"

"接个人。"

"出事儿了？"

"六哥，从今往后，我和彪子之间的事儿，你和仙儿都别掺和。"

"你俩，真想要火并？"

"对。"

"都这么大岁数了，何必呢？"

"只要我还活着，有些事儿啊，七老八十也得办。"

"我说过的，你俩干架，我帮你。"

"六哥，这不是小打小闹，我就担心咱北大街乱套了让外人笑话。我和彪子的事儿，人命关天，只能单练。你和仙儿都不是混社会的人，搭进来不合适。"

"我琢磨琢磨吧，你也再琢磨琢磨，事儿都出了，把你自己搭进去，也不合适。"鬼子六大概明白了，小赖这样的表态，传言应该不是谣言，彪子和北大街几个案件有着密不可分的关系，而小赖这是非要出手报复他不可了。

长安机场是一个特别小的地级市机场，每天只有两班北京往返和一班天津经停的小型客机。鬼子六把车停好后，和看起来有些紧张的小赖一起进了航站楼。

小赖这会儿的紧张让鬼子六也紧张了，他不清楚小赖和彪子两个人现在闹到了什么程度，生怕彪子的人突然出现袭击他们。

从北京南苑飞往长安机场的客机到港了，小赖看着人群汹涌而来，越发局促不安，鬼子六这时才看明白，原来让小赖紧张的不是彪子，而是来接的这个人。

一双赤裸的大长腿出现在了人群里，一个妆容精致、瓷娃娃般的年轻姑娘在这一拨下机的人潮中格外显眼，东北室外是接近零下三十摄氏度的温度，简陋的航站楼里并不会暖和很多。她不但腿都露着，上身也只是一件敞着怀的羽绒服，里面是个吊带丝绒短衫。

这姑娘并没注意到一身农民打扮的小赖，到了身边，被小赖拽了一把，正要尖叫时看清楚了小赖那张胡子拉碴的脸，皱了一下眉头，跟着他来到一个角落。

"东西呢？"小赖伸手。

"你怎么会搞成这样子？"姑娘递给小赖一个包装精美的小盒子。

"你走吧。"小赖把盒子顺手掖进了羽绒服里面。

"你还在这儿待着干吗？公司里都是事情，人脉资源只有你最熟，员工更是全听你的，现在走得七七八八了，你不在我管不来的。"姑娘扭着高跟鞋撒娇说。

"不关我事儿，你走吧。"小赖怔怔地说。

"脾气你也发了，面子你也不要了，你到底还想怎样？"

"我想做我自己。"

"你自己就是这副样子？你不能再消沉下去了，这不是你。"

"这就是我。"小赖一扭头，看到了航站楼门口处，田晶正转身离开，咬了咬牙，"没错，这就是我。"

"你能不能成熟一点，OK？跟我回去吧，回去了你想怎样都可以。"

"我还有事，你走吧。"小赖说完，拉着还在打量这姑娘的鬼子六往航站楼外走去。

开车回去的路上，鬼子六憋了一肚子话，他对刚才那个姑娘和小赖之间的关系太好奇了。

小赖这副人嫌狗不待见的死样子，居然找来一个比电视剧中女主角还漂亮的姑娘来给他送一个不知道干啥的小盒子，而且这小子跟对方说话的方式，非但没像之前一样赖赖唧唧，甚至一点儿痞气和匪气都没有。

"六哥，你快点儿开，追上前面田晶的车，她好像也都看见了，我得跟她解释一下。"小赖指着前方说。

"你说说你，何必呢？惹一身风流债，像仙儿一样打光棍多好？"鬼子六坏笑说。

"我哪有仙儿那福气？"

"追不上了，人家啥车，我这啥车？"鬼子六踩了会儿油门，发现前面田晶的车越来越远，拍着方向盘说。

“那就慢慢开吧，我琢磨点儿事儿。”小赖靠在椅背上，抱着那个小盒子闭上眼睛说。

“我把你送她商店去吧。”

“不用了，六哥，你把我扔瀚海宾馆吧，我想开个房间好好休息休息，有点儿累了。”

“好。”

小赖在瀚海宾馆开了个房间，一觉就睡到了第二天。起来后，他只给钎子打了一个电话，却把赵永年的几个未接电话都取消了提醒。

37

　　二倭瓜的茶楼就开在光明街，和彪子的洮北大药房新址离得挺近，他这里天天乌烟瘴气，自己平时坐在一楼守着个大茶台喝茶，二楼是几个棋牌室，洮北市社会上的人都知道，这里面玩得大，动辄上万的输赢。

　　彪子进来时，二倭瓜刚从楼上下来，手上捏着一沓抽水的钱，看到彪子来了，连忙招呼人给沏茶。

　　"小赖那货抽风了，非要和我斗上一斗，你别跟着瞎掺和。"彪子端起茶杯一饮而尽，开门见山地说。

　　"我哪有工夫掺和你们的事儿？那小子在外面越待越狂了，我瞅他也不顺眼呢。"

　　"疯狗一只。"

　　"我听说年糕把你和你老丈人都逮进去了？咋出来的？"二倭瓜靠近彪子，压低声音问。

　　"什么逮不逮的？那叫协助调查，这不是调查完了嘛，我和我岳父都没有任何问题，要不人家能放人吗？小赖不相信警察，非说我和北大街那案子有关，要让我给豆包和老柿子偿命，你说这人不有病吗？"

"他呀，就是个好战分子，手贱欠。你说，咱们小时候打架，哪一场没有他吧？实在没处打了，他回来还得踹我两脚。"

"惯的，就是大伙儿把他给惯坏了，向来横行霸道，胆子比天都大，这回呀，我不准备惯着他了。"

"彪哥，你还真想治他呀？"

"不是我想，他要只是吹吹牛骂骂街，我可以忍，如果非动真格的，我忍不了的时候，那就必须还手了。"

"嗯。"二倭瓜点了点头。

"我今儿正好过来盯配货，周六就得开业了，顺便过来和你打声招呼。我想要你个态度，兄弟，你啥态度？"彪子眯着眼睛问二倭瓜。

"我没态度哇。"二倭瓜拿下手腕上的天珠蹭了蹭脸说。

"没态度挺好，这小子早晚得收拾，太狂了。你一个社会大哥，他给过你面子吗？唉，知道都是兄弟，我俩打起来，你会为难，你不用帮我，也别掺和这事儿了，他想玩，我陪他玩。"彪子说完就往外走，到了门口突然停下说："二倭瓜，他是在外面混的，惹完事儿能跑，咱可有家有业，想走都走不了哇。"

"知道知道。"

彪子走后，二倭瓜挠了挠后脑勺，目光扑朔迷离。

老马和赵永年在对比口供和翻查证据的时候，发现此前还是忽略了这系列案里面的一些重要证物和信息。

在老柿子贠庆生受伤当夜，伤他的凶器是一把刨锛，这把刨锛到现在还没有着落，凶手是把它扔了、毁了，还是埋了？

最后去医院执行灭口任务的杀手是何时潜入洮北市的，这也始终是一个谜，到底是不是他在北大街暗算了老柿子贠庆生，也无法证实。

赵永年提出一个大胆的假设，他认为，老柿子贠庆生受伤的那晚，暗算他的人很可能不是后来的杀手，而是彪子本人。

"怎么说呢？"老马问。

"杀手在执行任务的时候是很坚决的，你想，我当时枪都指上了，他还在捅老柿子贠庆生，如果用刨锛伤人的是他，会留活口吗？他追进家里也得把贠庆生杀死。"

"这倒是。"

"所以我想，伤贠庆生的人很可能只来得及刨一下，却没想到他那么顽强，还能坚持到家。"

"我们应该再琢磨一下凶器，这个刨锛不可能被完全销毁熔掉，翻，再翻翻。如果那上面有更直接的证据，天王老子也盖不住这个锅。"

"嗯。"

这时赵永年的电话响了，他接起电话没说话，只听着那头的声音，半边脸表情变得很古怪，老马盯着他，直到他"嗯"了一声，把电话挂了。

"公事还是私事？"

"小赖和彪子都在到处放话要火并呢。"

"什么？"老马震惊了。

"许洪彪有钱有势，能耐大着呢。小赖这人邪行，走哪儿都有朋友，双方难说胜负。如果小赖真要用社会上的方式找彪子寻仇，会折腾成什么样还说不定呢。"

"他应该会有分寸吧？他很明白自己如果真惹了大祸，我们绝对不会袖手旁观，必会将其法办。"

"马队，你不了解他，小赖小时候就是个不怕事儿大的人，他当年甚至挑起过南北二城牵涉了百人的械斗。"

"你也说了是小时候，他已经不年轻了。"

"江山易改，本性难移。"赵永年接着给小赖拨打电话，都是对方呼叫限制。

"相信你的线人，相信他。"老马拍了拍赵永年的肩膀。

"我不是不信，是担心，现在不是普通的治安案件，许洪彪干的是杀人的勾当，他如果狗急跳墙，局面会更加混乱。"

"永年，稳住，没事儿，盯紧他们双方的动作。小赖很可能是想激怒他，方便我们出手，而且我不信许洪彪这时候真敢露尾巴。"

"不行，我还是出去找找吧。就算是这样，也别让小赖吃了大亏。"赵永年起身穿衣服说。

赵永年驱车赶到美姿内衣商城，进去后，要上楼被服务员给拦住了，说老板发话了，这几天她要思考一些事情，谁也不能上楼。

赵永年一亮证件，闷头接着往楼上走，服务员一看是警察，也没敢再往上跟，都在交头接耳猜测老板这是犯了什么桃花，怎么突然间八卦材料变得如此丰富。

楼上房间的房门紧闭，赵永年犹豫了一下，怕小赖在里面和田晶正亲热着。但一想，彪子那边如果真急了，他是会有危险的，于是还是硬着头皮上去敲门。

"滚，别烦我。"田晶在里面吼了一嗓子。

"咳咳，我是赵永年，小赖在里面吗？"

"滚，赵永年也滚，你找的人死乱葬岗子了。"

"我找他有正事儿。"

"滚，找他和我没关系，抓紧滚！"

"你……你怎么不讲道理。"

"滚……"

赵永年灰头土脸地下了楼，服务员在他背后指指点点，他本人也是一脸茫然，不知道田晶这是发什么疯。他想给自己媳妇郑娜打个电话问问，想想又觉得算了，好不容易择出了家人和这案子的牵扯，这会儿再因为这点儿事儿找媳妇，划不来。

38

一身工装戴着帽子的钎子来到老干部大院，直接就找到了董局家。他非常有礼貌地敲了敲门，董局家的小保姆来开的门。

钎子说要查看一下暖气阀门，因为有些住户反映温度低了，上面规定老干部大院的温度必须以老干部的需求为主，不能只保证不冷。

小保姆也没太在意，就让钎子进了门，他在客厅看到墙边架子上满满当当的都是奖杯，周边也贴满了奖状。小保姆说："我们家大爷是退下来的公安局局长。"钎子后退了几步，唯唯诺诺，正要假装检修，董局从楼上下来了。

"你干什么的？"董局中气十足地来到钎子面前。

"检修暖气。"

"证件呢？"

"外面车上呢。"

"拿给我看看。"

"我这就去拿。"钎子又唯唯诺诺地往出退。

董局一路跟着他到了院门外，只见他一出小院门撒腿就跑，跑得奇快无比，一眨眼的工夫就窜出了大院。

"小媛，你怎么什么人都往咱屋子里放？刚才那是个小偷，看看咱屋里少啥没？"

"啊？"

"我当了这么多年公安，一眼就能看出来，这小子眼神都不和人接触，是个小偷，而且还是个老手。"

"大爷，丢了一个您在1990年荣获全省破案率第三的奖牌。"

"在我眼皮子底下都能偷走，还真是个老手，那奖牌是镀金的，这小子估计是当金的偷走了。"董局居然笑了。

"那咱报警吧。"

"报什么警？我一个老公安，被小偷进家里给偷了破案率第三的奖牌，报完了警，还不成了系统里的笑话了？"

"哦，那咋整？"

"算了，就让他当个金子去卖吧，我看他能熔出多大一块金疙瘩来。你以后不能随便放人，现在小偷在街上已经偷不着什么好东西，开始入户了。"

在瀚海宾馆的房间里，钎子把那块镀金奖牌交给了小赖，小赖一看奖牌上写的年份就乐了，"这不是你把小灵子抱回去的那一年吗？"

"嗯。"钎子一咧嘴。

"钎子，我觉得你挺会玩黑色幽默的。"

田晶的父母家离店里不远，就两条街，晚上她吃过饭回店里的时候，就觉得背后有人跟着，她转了几次头，街上却都是空空荡荡的，快到店门口了，才发现贴着马路的一侧，有个一直低头的男人，田晶停，他也停了。

在洮北市，田晶不怕流氓，她觉得自己认识小赖就已经算是见识了流氓祖宗了，所以她主动朝跟她的人走了过去，"你干吗的？跟着我干吗？"

"小赖让我跟你说一声，他跟那女的没啥，等这几天他忙完了再回来和你解释。"钎子还是没看田晶，眼睛来回乱转。

"我不用他解释，你告诉他不用回来了，回来也别找我。"田晶看是钎子，想像对赵永年那样发狠，但又觉得不对，钎子这人像个鬼影子似的，万一得罪了他被他惦记上不是什么好事儿，正所谓不怕贼偷就怕贼惦记。

"那个，我想和你说个事儿。"钎子转身想走，晃晃脑袋又停下了，在冷风中缩脖端腔又来到了田晶面前。

"你说。"田晶往后退了一步。

"小赖网吧都不要了离开洮北市那天，是我送的他。"

"那是多少年前的事儿了？"田晶愣了，不知道钎子突然提这个干吗。

"2004年阴历二月二，他走的那天，我这辈子没看他那么难受过，一个人啥也没拿，连件外套都没穿就上了火车……"钎子突然抬头直视田晶的眼睛真诚地说。

"2004年阴历二月二。"田晶一下想起了这个日期，是她负气闪婚的当天。

"嗯，我走了。"

"你干吗去？"

"小赖可能要去我家住几天，我得先回去安排安排，把他照顾好。"钎子头也不回地走了。

田晶看着钎子的背影，心里五味杂陈，她明白钎子想跟她表达什么。

虽然她仍然不懂小赖和钎子的感情到底有多浓多厚，但可以肯定的是，这两个人互相信任的程度，超过了她见过的小赖身边其他那些狐朋狗友。

小赖说在洮北市，有三个人能让他相互托命，一个是已经去世的老柿子，一个是总把自己藏起来打别人钱包主意的钎子，还有一个是谁，他没说。

今天，钎子给了她答案。

二倭瓜在他的茶楼一楼，一边品着茶，一边看着手机里的小视频嘎嘎直乐。但门一开，他乐不出来了，因为小赖走进了茶楼，一副赖赖唧唧的样子坐到了他身旁，对摆弄茶具的姑娘挤眉弄眼。

"今天彪子药店开业你没去呀？"小赖把二倭瓜面前的茶杯拿起来就喝他刚刚没喝完的茶水。

"一会儿去呀，不十点十分放炮仗开业吗？说是十全十美。"

"别去了，我掐指一算，十点十分那边得出事儿。"

"为啥呢？出啥事儿啊？"二倭瓜瞪大了眼睛。

"得有人去把店给他砸了。"

"谁呀？"

"我呀。"小赖眨巴眨巴眼睛，嘿嘿一笑。

"你俩能不能别闹了？都是哥们儿，扯这干啥？"

"不能啊，我今儿还非闹不可了。你这个借我使使哈。"小赖起身，拿起二倭瓜放在楼梯后面的一个铝头棒球棍。

"小赖，你这样胡来，以后没法儿在洮北混了。"二倭瓜坐在茶台旁边动也不动。

"这个就不用二哥你惦记了，走了哈。"小赖像扛锄头一样扛着根棒球棍就离开了茶楼。

"这人真要去砸人家准备开业的店哪？"茶台里的姑娘问。

"嗯，他真去。"二倭瓜点了支烟，点了点头。

二倭瓜一直觉得最有可能先和小赖闹翻的人是自己，可以想象当年小赖如果没离开洮北市，北城容不下两个社会大哥的时候，就轮到他和小赖赤膊上阵打友谊赛了。

曾经有一段时间，二倭瓜总在留意小赖，心里暗暗盘算怎么才能在和他闹翻的时候占先机，先把他干服。

也许就连彪子都没有像二倭瓜一样仔细分析过小赖的战斗力和他这个人，二倭瓜对他一忍再忍的主要原因，就是小赖虽然看上去赖赖唧唧、生冷不忌的样子，其实极有分寸。

可怕的是，他比老柿子人缘更好，比豆包性格更黏，比仙儿哥心态更乐观，比鬼子六犯坏时更阴险，比弹弓子研究啥更执着，比赵永年更敢硬碰硬，比彪子做事更不择手段，甚至比他二倭瓜更能混。

而且他就算不出洮北市，也有一些隐藏起来的实力，开网吧那几年，南北二城大大小小的流氓混混就没他不认识的。

分析完了之后，二倭瓜就决定，还是和他做朋友处哥们儿，别对着干为上。反正也都是多年老铁，彼此都不挑事儿，也总能找到相安无事的相处模式。

他在屋子里抽完一支烟，发了个微信后，又呆坐了一会儿，看看时间差不多了，外面鞭炮声音也已经响起，推门往路北一瞧，果然，鞭炮屑四处纷飞中，一个人正在抡着铝头棒球棍肆意打砸。

小赖从二倭瓜茶楼出来直接就奔室外洮北大药房的红舞台去了，舞台上有个姑娘穿着婚纱式厚白纱裙，用哆里哆嗦的嗓音唱着：今天是个好日子，心想的事儿都能成……

小赖围着舞台绕了一圈，发现彪子不在，这让他有点儿失望，其实彪子正在对面的山水大酒店招呼来捧场随礼的客人。

风太大，天气又太冷了，小赖躲到了一个背风的大灯箱后面，心里盘算着，一会儿就先砸这个了，这家伙挡风，但也显眼，砸了它就算砸了彪子的招牌。

彪子下楼指挥礼仪司仪开始放鞭炮，把小赖先是吓了一跳，却也马上进入了激动的亢奋状态，他抡起棒球棍，咣的一声就把身边的大灯箱给砸了个稀碎。

放鞭炮的人一看闹事的，连忙过来围他，小赖就跟喝醉了酒似的，棒球棍来回乱抡，近前根本上不来人。

彪子看他这德行禁不住冷笑，一个人就来砸场子了，估计又是心情不顺，所以破戒喝酒把自己给喝大了耍酒疯。等会儿砸累了，自己的人过去收拾他，可就算是正当防卫了。

小赖上蹿下跳地乱砸了一气，蒋副所长已经带着两车警察赶到了现场，拿着防暴盾牌就冲向了刚要歇口气儿的小赖。

"哎，你疯完了？"彪子这会儿走过来，看着已经被蒋副所长戴上手铐的小赖问。

"没完呢，你等我出来的，咱接着来。"小赖喘着粗气嘿嘿一笑。

"行啊，我店多，你出来挑着慢慢砸哈，对了，田晶也有个店吧？"

"彪子，你要敢动她，我弄死你。"小赖目露凶光，挣扎就要往彪子身上扑。

"看我心情吧。"彪子哈哈一笑，"碎碎平安，开业大吉。"

小赖被带到了兴隆派出所，赵永年已经在那边等着他了，看他戴着手铐进来，半边脸都气得抽搐了。

"你搞什么？你知道不知道这是犯法的？闹市当街打砸人家的私有财产，扰乱社会治安。"

"知道哇，我懂法，赔偿嘛，罚款嘛，拘留嘛，混这么久，我还没进过拘留所，想进去待几天体验一下。"

"你跟人家派出所的同志老实交代问题，现在谁也帮不了你。"

"我用不着谁帮，年糕，你要真有心，帮忙照看一下田晶的店。"小赖用从未有过的严肃表情对赵永年说。

"我懒得跟你说，你自己好好接受法律制裁吧，我去查一下彪子那边的排污管道情况。"

田晶知道小赖在彪子药店闹了这一场，赶到兴隆派出所，但派出所已经在赵永年的授意下，直接将小赖送到了拘留所，田晶扑了个空。

田晶出来后，看见鬼子六和仙儿哥也在派出所门外，交头接耳不知道在商量什么。

"你俩不知道拦着点儿他吗？"田晶没好气地说。

"我俩都不知道他要闹这一出。"仙儿哥耸了耸肩膀。

"小赖这是铁了心要跟彪子对着干了，他今天砸了彪子的店，明儿彪子就得去砸你的店。你可得小心点儿。"鬼子六想了想说。

"让他去试试呗，我家小赖要是真出了事儿，他许洪彪也别想在洮北市混。"田晶冷哼了一声就上车奔看守所去了。

40

　　小赖真是第一次进拘留所，他年轻的时候惹祸归惹祸，但是躲事儿特别快，而且人机灵，每当真到了快要触碰底线的时候，都会巧妙地避开，除了隔三岔五来探视朋友，他本人一直与拘留所无缘，年近四十才进拘留所，他还觉得挺新鲜。

　　被搜查一通后，小赖被带进了一间十几平方米的小房间，屋子里有十几个面目不善的壮汉，在已经排列好座次的铺位上大盘坐板背监规，井然有序，时不时地上下打量他。

　　小赖知道拘留所是个什么样的所在，也大概清楚这里面的规矩，他笑呵呵地和每个人都点了点头，靠在尾铺墙边慢条斯理地用一只手开始解小包拆行李。

　　铁门又被人打开了，管教说有个调换监室的，随他进来的人，毛寸头上仍能看出花白了大半。

　　钎子在拘留所和在外面完全不一样，显得特别活跃，是那种小赖以前没见过他这状态的活跃，他和这监室里几乎一半的人都认识，七嘴八舌地打了一圈招呼，然后过来帮小赖拆行李，拆完后，把行李扔在了头铺。

"老七，这我哥们儿小赖，头回来，体验两天生活就走，不是钎儿哥撅你面子，我睡三铺。"钎子拍着之前睡头铺的那人肩膀说。

　　"钎儿哥，你不用客气，兄弟我第一次进来就是你照顾，十来年了，在这儿哪次咱俩不是一条心？"头铺老七把自己行李撤到了二铺。

　　"不好意思，我也不是想占位儿，就是图个新鲜。"小赖嘿嘿一笑，搂着钎子说，"很快有人来，你信不？"

　　"别人不来，田晶肯定来。"钎子点点头。

　　"我有点儿担心她在外面。"

　　"她比你有招儿。"

　　"你在这儿话多。"

　　"这是我家。"钎子咧嘴苦笑，他当了半辈子小偷，多次出入拘留所。

　　由于拘留所不让接待，田晶赶过来后给小赖存了一笔钱，又买了些东西就回去了。

　　回去的路上，她和赵永年的车在路口交错相遇，赵永年把车停了，像要和她说点儿什么，田晶根本没理他，直接开走了。

　　彪子在小赖被抓走之后，就赶奔自己的岳父董局家，和他说了一下这个情况，爷儿俩商量了几个钟头对策。

　　出来的时候，彪子有点儿怨念，他搞不明白为什么老头儿死活不同意他派人去把田晶的美姿内衣商城也给砸了。

第二天，彪子开车去了趟美姿内衣商城，发现还是董局老辣，美姿内衣商城他还真没法砸，也没人敢去帮他砸。

美姿内衣商城地处市中心，和田晶常年往来的那些女性，个个都有钱有势，小赖一出事儿，田晶马上找了许多闺密一起聊天打麻将，看看谁能帮上忙，门口停了不少好车。

彪子看了一会儿，就叹息着离开了，这种情况下自己根本没机会动手。

当天快到傍晚的时候，监室里进来一个人。钎子和小赖对视一眼，同时笑了，这人他们都熟，是二倭瓜的堂弟土豆。

土豆一声不吭，在尾铺搭了个边儿，双眼放着贼光打量了小赖好久，小赖没理他，接着和钎子有一搭没一搭地闲聊。

"是他吗？"关灯的时候，钎子低声问小赖。

"八九不离十，你知道二倭瓜惦记我多长时间了吗？我和彪子闹得动静越大，对他来说好处就越多。"

"你睡你的，没事儿。"

"有你在我身边，我一点儿都不担心。"

小赖跟没睡着一样，一点儿声音都没有，所以当土豆绕到他头上的时候，一直在纠结要不要下手。

土豆的罪名和小赖一样，打砸毁坏，犯的事儿不大，具体关押时间由派出所核实清楚后再定。

彪子在土豆此行之前，给过他一些承诺，冲着这些承诺，土豆连二倭瓜都没通知，就接受了任务，来监狱里让小赖挂点儿彩，自己以后出去也能有个风风光光的前途。

土豆纠结了半宿，也还没下去手，他和他二哥一样，表面上凶猛，其实胆子不大，哄自己说，还有几天机会，不用急着动。毕竟进来的时候，彪子指使他砸了一家小药店，又装好人上前协助对方报警处理，按照治安标准，土豆将在拘留所拘留半个月左右。

早晨放风的时候，盯了他一宿的钎子实在受不了了，困哪，他出门就在拘留所放风的小院子里把土豆给堵墙角了。

"昨晚上你盯小赖一宿干吗？是不是想着咋暗算他呢？"

"没有哇。"土豆先哆嗦了。

"是彪子还是你二哥让你来的？"小赖这会儿也东张西望地凑了过来。

"我自己惹了点儿事儿。"

"土豆，你在外面可以狂，也可以装。在这儿，你不行。"钎子阴狠的眼神直视着土豆，在他身边的小赖才终于意识到，拘留所里钎子最大的不同还真不是话多了，而是眼神，他都是直视其他人的，那眼神跟刀子一样。

"钎子你啥意思？你永远不出去了呗？"土豆顶了一句。

"我出不出去无所谓，反正在外面也是孤魂野鬼，不过我怕你没机会出去。"钎子说完，吐了个舌头。

土豆在他吐舌头的一瞬间，看到钎子嘴里藏着半个剃须刀片，这在防备森严的拘留所，绝对是一个大杀器，昨晚如果他动了小赖，有可能还没等碰到小赖呢，钎子就能在他随便哪根血管上来一刀，那他就真凉在这儿了。

土豆此时无比后悔接受彪子的委派来拘留所暗算小赖，自己能不能保证活着出去都不一定，再想动小赖，他是没那个勇气了。

"是不是彪子让你来的？"小赖用伤手搂着土豆的脖子问。

"啊。"

"你二哥知道不？"

"不，不知道。"土豆看了一眼旁边一脸轻松吹口哨的钎子，咽了口唾沫。

"陪我在这儿待几天吧，老老实实的，等有人问你的时候，你说实话就行了，我不想在拘留所给人家找麻烦。"

41

彪子等了三天，拘留所里一点儿消息都没有，就又去了岳父那边请求指示。

董局对彪子派人到拘留所暗算小赖相当不满，他当时建议彪子别急，不要试图去触碰警方的底线，如果看守所里的小赖真出了事儿，赵永年会全力以赴调查到底，那时候只要办事的人稍有差池，后果都不堪设想。

董局由此想到了彪子上一个失败的决定，在取得豆包检举他们的证据过程中，董局并没想到彪子会去找老柿子，哪怕当时老柿子急着找彪子借钱。

干掉祁勇的时候，彪子给了老柿子五万块，当时老柿子很急，又觉得祁勇是弹弓子的仇人，自己用弹弓子的弩帮弹弓子报仇，收五万块在黑夜无人的北大街射杀祁勇，没有任何心理负担，所以老柿子完成得相当利落。

当证据到手后，彪子看老柿子之前任务做得这么干净，于是就让老柿子把豆包也给杀了，这引起了老柿子激烈的反弹。

彪子告诉他，已经回不了头了，况且这次自己出的价码是三十万，杀死一个发小儿的收益当然要比杀死一个仇人的收益大。

老柿子纠结了三天，这三天里，网贷催债的人都已经威胁他要把电话打给他老婆韩小梅了，为了迅速解决掉越滚越多的债务，老柿子躲在豆包回家的路上，含泪射出了那一箭，并且将豆包移尸到了乱葬岗。

这次过后，老柿子一直不得安宁，内心备受煎熬。车在抛锚幸福乡后，他和当地店主沈东阳喝了顿酒后，回到北大街正好遇见了去酒厂的彪子。

彪子问老柿子豆包的尸体到底被处理在哪里了，老柿子死活不说，还对他表示，自己把债都还清了，是时候去自首了。

老柿子的这种状态让彪子异常愤怒，看着挣扎离开的老柿子在寒风中丢了魂儿一样蹒跚漫步，彪子从后备厢拿起了自己之前盯装修时顺手捡到的刨锛，追上去就一下，没想到老柿子蹿起来就跑，彪子刚想追，一辆在路口开远光的车把他给惊了，老柿子已经跑回了明正胡同。

当天晚上，彪子找到了董局，把这一系列的事情都和岳父说了，这让董局震惊又震怒，一打听正在医院值班的女儿，知道老柿子还在昏迷才松了一口气。

为了掩盖自己和彪子一起犯下的罪行，他授意之前和他有过密切往来的市医院岳院长即刻启动监控升级，又让彪子通过生意往来，在异地雇请了一个亡命天涯的职业杀手，潜入洮北市行凶，结果杀手在完成任务的同时，又被赵永年一枪击毙。

董局自那以后，确实踏实了些日子，他了解公安机关现在的办案流程，命案要案必须是铁证铁案，在证据缺失的情况下，谁都拿他们爷儿俩没辙，要不是彪子在宋奇被抓时受惊那一跑，董局觉得他们连马脚都没有露出来，要不然也不至于有借势上来横插一杠子的小赖了。

董局知道小赖也没证据，他要是有的话，早就交到赵永年手中了，也不至于去砸彪子的店，所以他的态度是能忍则忍，不要再扩大打击面。

更何况小赖也不是那么好惹的，别的不说，小赖真伤了，他家里那边就不好对付。

小赖的父亲虽然退休养老，但虎老余威在，当年他花钱出力扶持起来的那些个体工商户，后来都成了繁荣市场经济的排头兵。老头儿攒了几十年的市井人脉从来没有用过，在他手里，人情比钱可厚重多了。

小赖虽然自幼顽劣，毕竟没出大格，真要有事儿，他爸必定会站出来给儿子撑腰，与其交好的人多如牛毛，谁能使出啥损招儿来进行打击报复，没人可以预测。

"算了，让他折腾吧，他出来后，就随他折腾，再砸店就报警。想打你，你就躲一下。"

"我凭啥躲？再说他自己想单挑也打不过我呀。"

"唉，总之现在只要我们警惕点儿，那个马队长和赵年糕也拿咱们没辙。对了，药厂排污管道检查完了吧？"

"折腾三四天了，所有记录都要看，我都处理好了。"

"很好，唉，当初就不应该背着我把事情搞这么大，人命关天，一涉及命案，公安机关不会那么容易收手的。"

"北大街又不是没有过悬案……"彪子小声顶了一句，他知道在他岳父董局负责管理北城刑事罪案的 20 世纪，北大街就有多宗悬案没了下文。

"当时破案条件有限，现在警方技术手段多着呢，你回头在你车里和家里都检查检查，别被人装了监控。"

"放心吧爸，我问过律师了，没有形成立案条件的前提下，警方不能私自安装监控，凭什么监控监听我和我老婆的私生活？"

"知道问律师，是好事。你们北大街人哪，都是一身逆鳞。"董局摇头叹息。

彪子回到光明街洮北大药房，盘点了一下这几天的销售业绩，由于小赖在药店开业时的惊天一砸，其后一系列活动都搞得有声无响，收效甚微，新换的灯箱今天才到，这让彪子又发了一通脾气。

脾气还没发完，就听外面又是一通乱哄哄的声音，销售员进来说灯箱让人给拿走了。

彪子都气疯了，咬着后槽牙拿起把锁门的叉锁就走到了门口，才发现五六个城管正七手八脚地抬着大灯箱和堆放在外面的几箱药往车上装。鬼子六裹着城管外衣一脸阴笑地靠在彪子车上，看见他出来耸耸肩。

"老六，你这是想干啥？"彪子把叉锁扔到了地上。

"彪哥，这不是快到元旦了嘛，队长说要检查，我一个开车的……"

"少跟我这儿装，我又不是第一天认识你鬼子六，你不就想和小赖站一边嘛。"

"彪哥，我这是正常工作，不管那些有的没的。"鬼子六对城管大喊："你们轻点儿，别跟土匪似的，那是人家店里的财产。"

"老六，这局子你玩得起吗？"彪子眯着眼睛看鬼子六。

"彪哥，我兜里没钱，心里也没鬼。"鬼子六来到彪子面前嘿嘿一笑，彪子闻到了他身上司机特有的机油味儿，皱了一下眉。

看着鬼子六像个得胜还朝的将军一样开着车离开，彪子的满腔怒火反而被熄灭了，他清楚地知道了北大街那些流氓混混对他的态度，但他不在乎，这帮小子虽然个个心狠手辣，但是真敢舍了一切和他拼的几乎没有，毕竟都人到中年有家有业，只能用这种小打小闹的方式恶心恶心自己。

彪子觉得还是治小赖，把小赖收拾了，自己无论是在官面还是在江湖就都啥事儿没有了。至于老丈人那里，寻思的都是忍让和韬晦，要真如此，自己哪儿来的今天？想要什么还不是得靠拼？

先让警方和环保局对药厂的排污检查顺利结束，然后再找机会把小赖彻底解决掉，其他爱谁谁吧。

彪子上了车直奔二药厂，由于排污口早已经在得到豆包举报材料时候就处理好了，所以他并不担心赵永年牵头的联合检查行动组会有什么收获，表面配合是他们爷们儿对刑警队的统一策略，彪子要做的就是跟行动组其他人也搞好关系，别得罪太多人。

车一过百货大楼路口，彪子就觉得不对劲，刹车踩下去没什么反应了，他想停根本停不下来，雪地胎是新换的，大路路面没什么积雪，但仍然刹不住车，这可把彪子惊出了一身冷汗。

车子的速度降不下来，两个路口眼瞅着嗖嗖地就过了，还好路面上车不多，往二药厂路口再拐的时候，车子几乎就是漂移式转了个弯。

旁边斜岔路口一辆急速行驶的车横向撞了过来，拦腰撞上了彪子的银色 SUV，两辆车在高速撞击下发出一声巨响，像电影里的火爆场面一样，双方翻腾着向不同方向飞去。

周围被这一幕吓得惊魂甫定的人们纷纷掏出了手机，有的在拍摄照片和小视频，也有好心人拨打报警和急救电话。

很快就来了一辆警车和两辆急救车，医护人员分别从四轮朝天的车中拖了两个人：一个是彪子，另一个是仙儿哥。

这俩人都系着安全带，仙儿哥甚至还在下半身围了一圈儿装在电视机盒子中的泡沫砖，看得交警和医护人员都不禁啧啧称奇。

鬼子六到医院的时候，仙儿哥已经被推进手术室了，他下半身保护得挺好，锁骨被撞断了，正在钉钢板。彪子包着头从处置室出来，看见鬼子六来了一笑，"也就神神道道的仙儿哥能干出这种鸡蛋碰石头的事儿，他那是什么破车，我车的防撞系统又是什么造价。"

鬼子六脸色青白青白的没言语，点头咧了咧嘴，表示承认他说得对。

仙儿哥醒了就见鬼子六在他身边啃大拇指，"撞死他没？"

"要不是你跑出来添乱，现在他应该已经死了。"鬼子六叹息了一声说，"我在他的车上动过手脚。"

42

赵永年在带着和环保部门组成的联合工作组展开对二药厂排污情况的调查时就发现，环保部门相当不配合。

这本是一起刑事案件中的证据提取工作，按照规定环保部门必须无条件配合公安局刑警队，提供自己的专业背书。结果环保部门每天交上来的报告都是小毛病一堆，大毛病没有，可罚不可打，赵永年明知道他们这是在欺负刑警不懂专业，但也死活没办法，隔行如隔山。

赵永年表面上和他们虚与委蛇，内心却还在焦灼地等待老马那边的消息。

他们商定的计划是明修栈道，暗度陈仓。赵永年大张旗鼓地在二药厂排污标准和系统上搜证，老马则撒下人手，去暗访所有购置了丽水新城的住户。

老马的态度是，这么大一个小区，都对二药厂排污不满，不可能全都在和开发商退房退款一事上花没用的力气，一定有人盯着二药厂呢，这种概率极大。

果然，在暗访过程中发现有数家对二药厂的排污情况产生了激烈反应，如果要办二药厂，都愿意出来做证，二药厂排污管道对自己的新房空气造成了污染。

可光有力度是不够的，老马在耐心寻找的不是民愤，而是证据。

彪子撞车的第二天，证据果然就来了，而且不是暗证，是明证。

有一个和豆包程洪亮不是一栋的住户，在9月份就发现了那条排污暗渠，当时他不但拍摄了视频，而且上传到了微博和朋友圈，写了长文控诉二药厂破坏生态，污染环境。

当时二药厂的公关团队监控到了这些信息，微博的消息很快就被他们花钱删了，但朋友圈儿的信息仍在，小视频画面中，一清二楚地显现了二药厂的暗渠位置和隐藏模式。

赵永年知道这事儿后特别兴奋，但老马却给他泼了盆冷水："压着留存，现在还不能动他，你可以问候一下他的伤情。"

"还问候？"

"对，现在咱这证据拿出来，也只能证明二药厂的事儿，形成不了命案因果的证据链，是旁证，先别着急，记得之前我跟你说的打地鼠吧？观察，忍耐，出手快。等动的时候，要闪电一样掐住他的脖子，不让他再有翻身撤案的机会。"

"好吧，我先看看他们昨儿撞车具体是咋回事儿。"赵永年也无可奈何。

赵永年从仙儿哥的病房出来，心里就清楚了，仙儿哥这是想撞死彪子，只是没脑子，自己伤得比人家还重，现在北大街的老混混已经开始分裂，鬼子六和仙儿哥都是铁站小赖无疑，自己得先稳一下彪子，然后再去找二倭瓜，看看他这号称北城老大的人到底想咋站队。

彪子接赵永年电话的时候有些纠结，因为他刚从省城请来了一个有名的黑道人物，正在喝酒，商量如何才能帮他解决掉这几个老混混的困扰滋事情况。

对方的态度非常明确，对待狠角色就用狠手段，而且建议彪子也开始配保镖，自己是黑道人物，明白保镖的重要性。

彪子知道对方开了间所谓的安保公司，除了教他使阴招，还想做他这单生意，请俩保镖倒也没多少钱，只是他觉得自己这种北大街狼窝里出来的滚刀肉，随身带俩保镖是件特别没面子的事儿。

身份不同，也许考虑的事情就不同了吧，哪怕生态环境仍然没什么太好的变化。

"我听说你和仙儿撞车了？你俩怎么有那么大吸引力呢？"

"我哪知道咱仙儿哥啥情况？我车刹车出问题了，路口灯也坏了，我俩寻寻觅觅就撞一起了。"

"仙儿锁骨撞断了，你没啥事儿吧？"

"我当然没事儿，我车好他车破。赵队，你不是想帮他讹我出医药费吧？他正面撞我侧面，那可是全责。"

"你俩这事儿啊，让交警队去操心吧，我和你说点儿刑警队的事儿，我们明天就准备撤出调查组了，环保部门出了手续，说经过这段时间的调查，你们二药厂没毛病。"

"我早就说没毛病了吧，是你赵队非要挑毛病，连自己的好哥们儿都不相信。"

"董局老早就教过我，当刑警要公事公办，我这都是跟他老人家学的。"

"行了，你慢慢学吧，我不跟你唠了，这儿正陪朋友喝酒呢。"

"少喝，保持清醒，没准儿啥时候我还得找你了解情况呢。"

"哈哈，千年等一回呗。"彪子在那边哈哈大笑。

43

彪子又往拘留所送了一个人，是那位省城大哥派来的人，岁数不大，看着又黑又瘦。

这个叫聂宇的年轻人只跟彪子打过一个照面，彪子就觉得他比土豆可凶多了，那双眼睛里全都是阴狠的杀气。

彪子让聂宇故意在兴隆派出所前打了个倒霉路人，跟警察说话带点儿嚣张气焰，就直接被拉到了拘留所行政拘留。

做完这些后，彪子给二傻瓜打了个电话，他想用已经被卷进这场风波的土豆作为路引子，把二傻瓜也给牵下道。

但彪子没想到的是，二傻瓜显得十分冷漠，对土豆进拘留所去找小赖的麻烦无动于衷，再次和彪子强调了一次自己会置身事外，彪子见软硬兼施都不起作用，只得作罢。

二傻瓜这人平时嚣张跋扈，动不动就以社会大哥自居，但有一点好，孝顺，非常孝顺。无论在外面混成啥样，父母家是每周必回的，在家里陪一天老人，看电视打牌闲聊天。

赵永年在茶楼里打听到二傻瓜在父母家，就开车去了北大街，他们这些人基本都是父一辈子一辈，上辈儿人也是街坊。

二偻瓜这几年学得精了，有时候会偷偷放一些消息给赵永年，把北城流氓一些与他无关的勾当暗地里做个指向，这种配合，在他自己没犯什么大错的前提下，赵永年乐享其成。

进了二偻瓜家，赵永年先跟他家里老人打了招呼，就钻进了二偻瓜给自己留的小屋，两人像少年时一样，一个坐着一个躺着，都极放松，看不出来一个是流氓头子，一个是警察。

"我听说土豆进去了？"

"啊，小孩子惹祸。"

"你就是太宠着他了。"

"现在大了，我可管不了了，以后他的事儿就是他自己的事儿，我这个当哥的，一句都不会多说了。"

"你当初就不应该带他出来混，社会是那么好混的吗？你自己吃过多少亏，天天过的啥日子心里没点儿数吗？"

"唉，算了。"二偻瓜本想把彪子拖土豆下水的事儿跟赵永年说，但想了想还是摇头一叹。

"小赖和彪子闹这样，你啥想法？"

"我能有啥想法？都是朋友，小赖去砸店的时候，我不也及时跟你汇报了嘛。派出所不去的话，彪子能打死他。"

"我现在想问的是，你站哪边？"赵永年盯着窝在炕里的二偻瓜。

"我不能选边儿，我不是鬼子六和仙儿哥。树大招风，站谁那边都是事儿，不掺和。"

"嗯，不掺和就对了，我给你交个底儿，无论你站在哪一边，都是公安机关的对立面。"

"我就是混口饭吃，我谁都惹不起。"二倭瓜眯着眼睛说。

"少说怪话，我今儿来就是要告诉你，别一时犯糊涂，搅和进命案里，谁都没法儿保你。"

"啊，我没那么傻。"

赵永年往外走的时候，看到院子里有个厕所，就钻了进去，两分钟后出来说："这外面的旱厕太冷了，上个厕所都不方便，你还是抓紧让老人搬楼上去吧，又不是缺钱。"

"我劝了八百多回了，没用，就爱住这老房子。"二倭瓜把大门打开说，"我还能虐待我亲爹呀？屋里有个卫生间，真空集便器。这厕所就是个摆设，平时根本没人用。"

"哦。"

赵永年走出了院子，还没等二倭瓜关大门呢，突然回头，打量着墙里墙外，又看看胡同口。

"老柿子是不是就在这胡同口伤的？"

"听说是，我不知道，那几天我都没回来，在外面打麻将，过了好几天才看见胡同口的血。"二倭瓜赶紧摆手。

"不对呀。"赵永年还是看着胡同口，打量着二倭瓜家的大铁门。

正在二倭瓜被他看得心里发毛的时候，赵永年突然回来了，贴着墙去看。就在他刚刚出来的墙里，厕所被个小墙围起来了，地上挖了个便坑,便坑挺深,便坑的一边在院墙里,一半在院墙外。

"二倭瓜,捡粪的几天来淘一次粪坑啊?"赵永年在院墙外那个半米见方的便坑上面往下看。

"还哪儿有捡粪的了?这边就是我和我爸小便的时候为了省集便器,临时解决一下,里面大冰疙瘩到了春天一化就没了,撒层石灰就妥。"二倭瓜看到赵永年贴着他家茅坑,想笑没敢笑。

"其他家呢?"赵永年拿手机照了一会儿,又看着其他院子外同样的设置问。

"其他家我不知道哇,都是自己解决呗。"

"二倭瓜,你是我哥们儿不?"

"你想干啥?"二倭瓜警惕地看着对他微笑的赵永年,后背都冒汗了。

几分钟后,赵永年和二倭瓜两个人:一个拿着手电,一个拿着长铁钎子,开始在胡同挨个茅坑里翻找。

这些家的住户都不明白他们要干什么,又都是老邻居,只能脸上挂着想笑不敢笑的表情,看着这俩四十多岁的老爷们儿扒茅坑。

"我不干了,哪有你这么祸害人的?"二倭瓜把铁钎子一扔,吐了一口唾沫说。

"来,你照,我找,我有预感,咱俩要立功了。"

"那是你立功,我不沾你这光儿。"二倭瓜摆手。

"你就帮帮年糕吧,人家扒茅坑都是正事儿,你点香喝茶都是邪道儿。"二倭瓜他爸过来踢了一脚儿子说。

"你看三叔说得多好，听话二兄弟。"赵永年挤眉弄眼地看着二倭瓜。

二倭瓜心不甘情不愿地被赵永年和自己父亲逼得接过了手电，给赵永年照着光，去扒邻居家的粪坑。

在第五家的院外，赵永年终于找到了自己要找的东西，在老冯家的便堆里，出现了一把刨锛。

这个发现让二倭瓜震惊了，他难以置信地照着粪坑，刚要摸电话，被赵永年一把按住。

"你不许碰电话，让胡同里所有人不许再围观，我马上封锁现场。"赵永年说完，挥手驱赶正在围观的人，把消息封住了。

老马来的时候，只见二倭瓜蹲在赵永年身边，两个人守着墙外的粪坑，各怀心事。

"怎么发现的？"

"我出来的时候，就觉得这儿离凶案现场这么近，如果我是凶手，想要丢弃凶器的话，这里是最不容易被发现的。"

赵永年让老马顺着他的视线看，只见一条胡同里，几乎每个院子外都露着半个粪坑，这是20世纪平房院落的特点，方便让捡粪的人不用进院，就把粪便淘出来。

"物证科的人马上就到，这下可算是找着七寸了。"老马看了一眼粪坑，"我这就安排人，把罩子先给他罩住。"

44

彪子刚到夜总会就接了个电话，把自己身边的小姐用力推开。他和那个省城来的黑道人物耳语了几句，对方一愣，站起来就招呼自己的人往外走。

"龙哥，你去哪儿？"

"你这儿实证都让人捞出来了，马上就炸，我还待啥？"

"那我……"

"兄弟，说别的没用，抓紧找律师，哥最后免费给你个忠告，一切听律师的，能多活些日子。"对方说完就匆匆离去。

彪子看着他的背影，赶紧拿起电话要给董局打时，老马就已经带着几个警察从大堂往包房走过来了。

"爸，刨锛找着了，你抓紧……"

彪子话还没说完，就被疾步奔来的老马一把扣住了手机，脚下一个绊子，彪子就栽在了一旁的沙发上。

"求救也没用了，你的好兄弟年糕这会儿应该已经把那边围上了。"老马拍了拍彪子的脸说。

董局接到彪子的电话如遭雷击，来不及换衣服，外面就有人拍门，他强作镇定，让小保姆去开门，仍然只露出半边脸的赵永年带着三名刑警大步流星地走进他的一楼客厅。

"对不起，董局，北大街那案子，又有了点儿新证据，可能还得麻烦您去一趟刑警队。"

"小年糕，你们这是在搞什么嘛，我们这些老干部可经不起你们这么折腾啊。"董局还给自己倒了杯茶说。

"不急，董局，我们不折腾，您也不用急，这还不晚，才八点半。都怨我们那个老马，没完没了地逼着我找证据，我下午在北大街翻了十几个粪坑，才找到一把刨锛。您猜怎么着？物证科说，刨锛上有彪子指纹。"赵永年坐到了董局对面的椅子上，显得很从容。

"那你找他。"董局把茶杯往桌子上一蹾，翻了个白眼说。

"老马已经去找他了，这会儿应该已经找着了，可老马跟我说，您老人家毕竟是他岳父，过去帮着劝劝，这样也好过让他被我们提审折腾好。"

"我要是不去呢？"

"就怕您不去，我来之前，老马和局长打了个招呼，局长正好昨天从省城回来了，也被请去了刑警队，他说今天要借我们刑警队的地方，和您老人家叙叙旧，这面子您得给吧？"

"那就走吧。"董局低头琢磨了一下，摊了摊手说。

洮北市公安局一号领导钱局长在如今的刑警队，以前的公安局楼上楼下巡视了一大圈儿，说没感情是假的。

钱局长在这楼里工作了三十多年，哪个屋子都熟，一琢磨老马当时留这老楼，这着棋还挺高，进可攻退可守。这老马是个老油条，对待犯罪分子，就得他们。

今天钱局长是被请来镇楼的，老马知道凭自己根本压不住董局，现在钱局长来了，你董局毕竟是个退了的老同志，在岗的时候不过和钱局长平起平坐，现在钱局长是一号正管，来刑警队亲自上阵已经算给你面子了。

董局被带进他以前的办公室，现在是赵永年办公室，钱局长正在屋子里看赵永年电脑上的一些案情文档。

"老董，你看现在这帮小子条件多好，以前咱们处理一个案子，光写报告就写没好几瓶钢笔水。他们呢？噼里啪啦分分钟搞定，科技就是好。"钱局长看其他人都出去了，招呼董局坐到了他的身边。

"你老钱不照顾媳妇，跑这儿来掺和啥？"董局转悠了一下，才摇头一乐，"差点儿忘了，现在这里不是我办公室了，连点儿喝的都找不着。"

"这不是命案比天大嘛，年底了，又这么好几起，北大街可真是让我犯愁哇。"钱局长从赵永年办公桌下面拿了两瓶矿泉水扔给董局一瓶。

"他们把我找来时还说我姑爷也有嫌疑呢，我先表个态呀，不用给我面子，查，往死里查。他挣了几个钱，就想跟我闺女离婚，这小子不是什么好鸟。"

"查案的是小马，他是谁呀？咱俩面子估计都不能给。刚才还过来跟我说呢，你那姑爷呀，滚刀肉，来了以后，一句案情不交代就要找律师。小马按程序让他联系律师，他找了个外地的律师，人家到咱这里也得明天了。我看，你是不是应该过去劝劝他呀？"钱局长看董局没拧开瓶子，帮他把矿泉水拧开说。

"我现在连个瓶子都拧不动了，还能劝动谁？"

"甭管咋说，咱俩过去见见吧。"

彪子在审讯室里看着老马向他一一展示与命案相关的物证，以及电视上播放的宋奇接受审讯的画面一言不发。他非常清楚，现在自己无论说什么，都无法收回来，已经是死到临头了，唯一的指望就是岳父能脱身，律师能帮他保命。

彪子理了一下思路，现在警方虽然掌握了他的罪证，但案件强行关联仍然不能说没有硬伤。不是他打伤了老柿子就必然是他雇凶杀死对方，也没有直接证据显示老柿子是收了他的钱，为他解决问题犯下两桩命案。

这案子在法律层面有得打，所以彪子就是不开口，一切等律师，起码在这方面，省城那个黑道人物给他的启示还是蛮大的。

钱局长和董局进来时，老马已经与彪子沉默对视有几分钟了，老马知道彪子想死扛，彪子也清楚老马没子弹了，就像一场硝烟后的战场，双方都在观察对方的弱点。

"你这个浑蛋，打伤人的刨锛都被公安机关找着了，你给我说，北大街伤人案是不是和你有关？"董局进来后，就冲过去拍着彪子审讯椅的桌板说。

"没有。"

"还说没有？指纹都是你的，难道这样的铁证还能冤枉你吗？"

"我等我律师。"

"在你和董子琳离婚之前，我都是你法律意义的岳父，是你的长辈，不比律师更会为你着想吗？说，把你犯下的罪行都一五一十和公安机关交代，等待公义的审判。"

"别费劲了，我等律师，律师来之前，我亲爹也不能逼我说我没干过的事。"

"钱局长……"老马看着眼前这出戏，欲言又止。

"算了，小马，我还是和董局先出去吧，这小子要是不承认，就让他等律师。"钱局长拍了拍老马的肩膀，"永年呢？"

"哦，我让他回去休息了，明天他再来换我，反正律师没来他不说，董局今晚也不需要人送。"

"怎么？要扣押我？"董局瞪着眼睛问老马。

"协助调查，合理合法地请您十二小时内留在公安机关配合传唤。"老马义正词严地说。

"你不是吧小马？十二个小时？董局这身体……"钱局长欲言又止。

"在我的职权范围之内，只允许我对董局实施十二小时时长的控制，我知道，如果是您钱局长就可以批准控制二十四小时。"老马看着钱局长，面无表情。

"开什么玩笑？你给我小心点儿。"钱局长脸色一沉，起身就往外走。

"董局，一会儿会有人带您到传唤室，请别让兄弟们为难。"

"这……胡闹！"董局一看钱局长走了，用颤抖的手指着老马一脸愤恨。

老马手机一个振动，他拿起来一看，钱局长在微信里给他发了一个大拇指表情。

45

赵永年回家倒头就睡，郑娜自己没敢睡，在外面沙发上一边看书，一边等着随时给他热饭，可到了凌晨，郑娜也熬不住睡过去了。

郑娜起来的时候天已大亮，就发现赵永年已经给她盖了一床小薄被，锅里的饭菜都摆到了饭桌上，赵永年正蹑手蹑脚地准备往外走。

"我咋还睡着了呢？你吃没？"

"我刚才吃过了，没敢叫你，睡醒再吃吧。"赵永年站直了身子。

"迟到了迟到了。"郑娜看着钟叫，"我还答应田晶跟她去拘留所接小赖呢。"

"啊？哦对，拘留七天，到日子了是吧？那我送你去吧，一道把他接回来，我得敲打敲打他，这案子马上收口了，凶手逮住了，他就不能再瞎胡闹了。"

"收口了？"

"对，正审着呢，不过现在犯罪分子都懂法，非等律师，我们不急，撬开他们的心理防线后，结案是早晚的事。"

小赖知道早上放完了风，自己就要到日子了，昨天钎子已经出去了，就等他回去把该处理的事情处理完呢。所以小赖心情特好，到了小天井，把已经愈合但仍未拆线的右手伤处露了出来，伸出指掌对着阳光看。

土豆已经被他们收拾服了，跟在离小赖不远的地方，偷偷打量着这个奇怪的家伙。他很小就认识小赖了，那时候小赖不是这样的，比他还要张狂能折腾，现在却像个老人一样，对阳光都这么眷恋。

土豆看着看着，就见隔壁监房门也开了，一群人鱼贯而出，最后出来的，是一个看上去比小赖还瘦的人，眼珠子大得吓人，滴溜溜乱转。

小赖迎着阳光，五指全部张开，阳光在他的指尖穿过，挡住了他大半张脸，这时候，他觉得即使变老，生命也很美好，轻轻一笑，又露出了两个梨窝。

就在这时，已经慢慢接近他的聂宇突然蹿了过来，腾空跃起，在所有人没反应过来的时候，趴在了小赖背上。

小赖感觉到有人扑过来的时候已经晚了，旁边有人没闪开，聂宇趴上了他的背后，小赖低头想甩开他，聂宇的手上有东西，对准小赖的太阳穴就扎了过来，小赖反应奇快，侧头再甩，一根尾指长十分尖锐的铁钉扎进了他的腮帮子。

这几天同监室的犯人没少接受钎子的洗脑，也没少吃喝田晶给小赖买的东西。一看事儿不好，赶紧七手八脚去揪聂宇，管教连忙过来控制现场，可这会儿，小赖的半边脸都已经快被那根铁钉撕开了。

田晶一大早就已经守在拘留所外，她听见里面有不清晰的吵嚷声，还没来得及找到人问呢，拘留所自备的医务车就上路前往医院了。

赵永年在大门口看到了医务车，赶紧打方向盘让路，这会儿只见管教有往里跑的，还有往外跑的，他停车出示证件，拦住一个往外跑的管教问情况。

"怎么了？"

"赵队，早上放风的时候，有个小子下手伤人，伤者已经送往医院了。"

"伤人的是谁？伤者又是谁？"

"伤人的还不知道，伤者好像姓赖。"

"什么？"

赵永年连忙赶往拘留所办公区，这里有个领导已经回来了，正在向局里汇报突发情况，赵永年等他汇报完，又详细地问了一遍，立即通知老马派人过来突审行凶者。

最后，赵永年来到了接待室，拉起田晶就走。

"小赖出事儿了，刚才被拉走了。"赵永年没让田晶开车，把她推到了自己车上，原本坐在副驾驶的郑娜坐到后面陪田晶，握着她的手，郑娜发现田晶好像早有准备似的，手除了凉之外，都不会像自己一样抖得这么厉害。

"死没死？"田晶云淡风轻地问。

"他命大着呢，凶手想扎他太阳穴没扎着，说是把脸蛋子给撕开了。"

"没死就行啊。"田晶一闭眼睛，这才淌下两行滚滚的热泪，双手一阵抽搐。

他们到医院的时候，医院大夫已经快处置完毕了，小赖缝合的时候也没打麻药，但他不像当初赵永年那样若无其事，而是叽里呱啦地又喊又叫，吵得整个楼层都能听到。

"年糕，我完了，和你一样毁容了，你左脸我右脸，疼死了。"小赖刚缝合完腮里，医生正准备给他缝腮外，他含混不清地说。

"这位同志，建议你说话的时候不要扯动太大，最好少说或不说。"医生没理会进来的几个人，让护士更用力地按住小赖的头说。

"他要想说，你不让他说，他能憋死。"这会儿已经满脸眼泪的田晶过去和护士一起安抚他。

"年糕没事儿，他老婆孩子都有了，我不行，老光棍儿，这脸要是被毁了，以后没法儿出去浪了。"

"就你这德行，还能浪得起来吗？"赵永年看田晶扯他耳朵，气得直乐。

46

老马说到做到，在准时准点儿控制了董局十二小时后，就亲自将他送出了刑警队的楼门，董局在传唤室一夜没睡，看上去没什么精神，但怒气仍然在眉宇间隐现。

老马之前和钱局长虽然没有沟通过，但他知道领导是懂他的，这次他是下定了决心要给这位老领导一个下马威的，他就想让董局知道知道，无论你再怎么老资格，碰上个硬钉子，也必须服软。

这一招对正在胶着的审讯也有帮助，自从他把董局扣押了后，许洪彪明显更加不安了。虽然这十二小时他仍然保持沉默，但至少问了四次律师到哪儿了。

董子琳来过，被礼貌地请出了刑警队，当彪子已经成了一座孤岛，而董局又自身难保时，这枚鸡蛋的外壳已见裂痕。

腊月二十三，按东北传统要过小年儿，半面脸上有条长长疤痕的赵永年和郑娜拎着不少东西到了洮北市的北郊村，小农场里鸡鸭鹅狗仍旧叫个不停，连妆都没上的田晶从屋子里到大门口给他们开门。

"蔫了还是精神着呢？"赵永年现在都无法判断正常的小赖到底是什么样子的了。

"蔫了，他爸前天回来的，把在这儿混了好几天的鬼子六和打着封闭的仙儿给撵跑了，还踢了他一顿。今天老爷子回北大街了，走走出事儿那几家，看有啥需要帮忙的不。"田晶嘿嘿一笑。

"还就赖叔能治他。"

"可算有个怕的就不错了，要不然他又不知道自己姓啥了。"

看到赵永年两口子进来，小赖把电脑合上，抓过肥猫圆圆挠下巴，他的脸上也差不多好了，那一钉正中他以前梨窝的地方，伤口面积不小，梨窝更大了。

"马队让我给你申请奖励呢。"

"我用不着。"

"他听说你爱写东西，特意把北大街之前的一些悬案资料准备了一份，让你闲着没事儿看看找找灵感。"赵永年从包里拿出一沓打印出来的 A4 纸放到了桌上。

"哦。"小赖看都没看。

"哥还想问问你，你哪儿弄到的那个小摄像头哇？外面看就和普通螺丝一样。啥时候安在董局家架子上的？"赵永年盯着小赖。

"我没呀，就是朋友捡了个电脑……"小赖眨巴眨巴眼睛。

"得，又来这套，我也不问了。反正今天不着急，事儿都交给检察院那边了，过来陪老头儿喝点儿，你鼓捣你的吧，甭管我。"

"哦。"

当晚，赵永年喝大了才走的，是郑娜开的车。田晶也陪着老头儿和赵永年喝了些酒，早窝在小赖的房间睡着了。

半夜，田晶口渴醒来，就见小赖坐在小桌前，电脑开着，台灯底下是那一沓陈年悬案的资料。

"你咋还没睡？"田晶喝完水走到小赖身边，他都没反应。

"睡不着，琢磨点儿事儿。"小赖这才转头。

"你不是不想知道这些陈谷子烂芝麻的事儿吗？"

"是不想知道哇，他都没拿走，我就打发个时间瞅两眼。"小赖眨巴眨巴眼睛。

"小说还写不写了？"

"写，今天没灵感，明天写吧，闭灯闭灯，我累了。"小赖说着，就起身上了炕。

田晶把灯关了，电脑屏幕还亮着，屏幕上，是一个打开了的 Word 文档，上面有些文字还没写完：

北大街的孩子们，像是冬天屋檐下的冰柱，一条条曾经挨得那么近，却最终掉落在了各自的命运里，融化，或是碎裂……